文芸社セレクション

サナトリウム

川淵 嘉人

KAWABUCHI Yoshito

文芸社

サナトリウム

　ようこそ、絶望の世界へ。

「また来てしまった」

　そう言って、精神科の病棟の入口を潜る。今回
は、必要と思われるものを全部持って、病院に
やって来た。

　現代は絶望の時代と言われて久しい。約200年前、キルケゴールが絶望の定義を、自己認識の錯誤としている。だが、今世界が変わり、果たして自己認識だけで、我々の存在を説明出来るであろうか？　生きてる事さえ、実在性、実存性だけでは世界は説明出来ない。実際はあらゆる存在の過去性で、世界を説明してるのが実在である。そして我々が生きる世界や地球や宇宙、そして肉体の構造までもが、過去性で出来ている。

　世界全体が過去性の集積だと言えば、全てが納得出来るのである。そして人間とは未来を欲しがる不思議な生き物なのである。

　そして医師は、

「昨晩は眠れましたか？」

　と質問してくる。だから私は、

「眠れました」

　と答える。

　たとえ「眠れませんでした」と答えても、それはその時の所作が過去形になっていて、そこから分析が始まるのである。従って自己認識は大切だが、過去の所作が問題なのであって、そこに未来性はないのである。

　ほとんど多くのものが失望であり、中には本当に絶望的なものもある。それが過去を認識していれば失望に変わる。本当に自己認識だけで絶望と呼べるであろうか？

　僕はようやく緊張した面持ちを崩し、いつもの表情に変わった。

「またお願いします」

　僕はそう言って、看護師の案内で病棟に消えて
行った。

　僕は1967年に生まれた。第2次世界大戦が終
わったのが1945年だから、今から考えるとそん
なに遠い昔ではなかったかもしれない。戦争の面
影は既にもうなく、コンクリートずくめの街が既
に広がっていた。僕の中では、戦争は終わってい
たと思っていたが、でも人々はまだ戦争の重い影
を引きずっていた。

　その頃の僕は世界がいつか終わるなんて考えた
こともなかったが、最近ふと思うようになった。
他愛もない、純真無垢な自分から、大人に変わっ
ていく事に違和感を覚えるのである。

　何かが語りかける。

「お前達はもう何人も人や動物を殺してきたんだ
ろう？　今更何を戸惑うんだ？」

　僕はもう絶望の扉を開いたのかもしれない。でももう引き返すことが出来ないんだ。絶望という過去性にしがみついて、生きる事を反省して生きていくことしか出来ないんだ。

　ヒトラーやヒムラーは絶望したのだろうか？絶望してホロコーストを実行したのだろうか？歴史は繰り返すと言う。一度起きた過去性は今も継続中で、現在進行形なんだ。

　そう思う反面、美への意識もある。願望である。美の所作だったり、美意識だったりする。

　僕は本当に絶望しているのであろうか？

　日常の所作が日常に慣れれば日常が晴れる。しかし、現在認識はそう簡単ではない。知覚している、していないに関わらず、未来と過去は訪れる。その錯誤によって絶望が訪れるのである。だから

現在認識は必要である。現在と過去と未来の錯誤
が、未来そのものかもしれない。現実、経済では
未来の事を不確実性と呼ぶ。未来が100%予測出
来ないからである。

　今見ている世界が過去なのか？　未来なのか？
確かに現在認識しなければ生きていけない。人間
はそれでなくても、多くの間違いをしている。そ
れは苦しみそのものである。もし生きている事が
苦しみなら、僕は耐えていられないだろう。また、
生きている事自体が不老不死だったら、絶望して
いるだろう。ならば、死そのものが望みかという
と、そうでもない。そうして、宇宙の質量に耐え
ているのが現実だ。平等に。

　今病棟にいて、過去を振り返る。そして未来を
見る。ここには現在認識はないのかもしれない。
看護師は笑顔で、

「ゆっくり休んで下さい」

と言う。

　これが現在認識か？　確かに悪くない。自分自身にホッと出来る、安息と安寧が欲しいのだ。そして地球は回る。無常に。

　僕が生まれた前年に中国で文化大革命が起きた。世界は東西冷戦の真っ只中で、世界の構図を模索していた。もう既にその頃に世界の情報は非対称的で、パレート効率を達成出来ないでいた。地球というピラミッドの中に多様な構図を達成出来ないでいて、今から考えるととんでもない資源配分がなされていた。現代とは膨大な情報の多様性の時代で、宗教性も何もかも過去性による統合を否定していた。中世による宗教による三位一体の考え方が無謀だったのかもしれない。未来とは常に過去の反動である。反動が大きければ大きいほど、失うものは大きいのである。時間が非対称的に動

けば動くほど、我々は対称的に動くのである。

　自分が不確実なのか、未来が不確実なのか、それより過去の方が不確実なのか？　それは誰もわからない。しかし我々は創造的に生きる、それだけが与えられた命題である。その創造性故に絶望的な世界であり、我々は絶望するのである。

　美とは計算し尽くされた美しさだ。それ以上のものに人間は手を出さない。忘却もまた計算された美しさである。

　いつの間にかベッドで睡眠しており、今目が覚めた。どうも朝のようだ。僕は時間を計らない。絶望的時間が経過し、今目が覚めた時間が全てだ。それが現在なのである。およそ物理学では時間の観念を認めているのであろうか？　僕は全ては質量だと思う。現象による質量の変化は時間、または空間であると思う。

　だから僕にとっての時間とは、宇宙の構造その
ものであり、その構造を追求する事が時間である。

　$2\pi r = \pi r^{\wedge 2}$

　を直径に対する均衡とするなら、円周率そのも
のの均衡は、

　$d\pi r = \pi r^{\wedge d}$

でも、均衡する。
　πを指数化するなら、

　$\log d\pi r = d$

よって内因性と外因性の均衡を、

　$d\theta = d\pi$
　$\theta\,(A^{\wedge 2}+B^{\wedge 2}+C^{\wedge 2}) = 360°$
　$\therefore 1/2\,\theta\,(A^{\wedge 2}+B^{\wedge 2}+C^{\wedge 2}) = 180°$

　となる。三平方の定理より、三角形の直径に対する均衡は1/2になる。

　人間とは必ず真実に行き着く。だからいつも絶望しているのであろう。それ自体、常に宇宙の一部分であり、それを超える事はない。だから人間同士争い、動物を際限なく食う。未熟であれば、宇宙からも見捨てられる。故に古来、哲学は普遍性を追求し、失敗してきた。我々が唯一生き残れるとしたら、創造性しかない。それが我々を支える根拠であるからである。神であろうが、サイエンスであろうが、求めるところは創造性である。創造性がどうやって培われるか？　それは絶望である。悲しい事に。

　病院での食事の時間が迫り、フロアに入院患者が集まってきた。コロナウイルスの影響で、入院患者が思い思いに、距離感を持って座る。中には

居室で食事を摂る者もいる。それは個人個人の主体性に任されている。そして食事の時間が来れば、定期的に管理栄養士に個人の嗜好を計画的に意識された、美味しい料理が提供されるのである。あいにくと僕はベジタリアンである。乳製品と卵以外は、動物性タンパク質は受け付けないのである。

　で、出てきたのは、特盛の御飯とオムレツと温野菜を少々、それに市販の補食用のカロリー食。

「おいおい」

　心の中で心の声が叫んだ。

　僕はベジタリアンと言ったが、卵、乳製品がメインではない。野菜がメインなのである。そういう意味では、ほとんどビーガンである。こういう業で善悪に分かれるのは、アジア人特有の価値観である。こういうところが現在認識そのものである。管理栄養士の言う事は、もう既に理解してい

る。しっかり栄養（動物性タンパク質）を摂って、1日も早く退院して下さい、という事だが、果たしてそれは真実なのであろうか？　こういうところが絶望的なのである。絶望とは、過去から未来へと向かう、ギャップの様なものだ。しかし、我々は社会という、所謂、飼い慣らされた状況の中で、間違いを犯してないだろうか？　それと、創造的に生きる事の素晴らしさは中毒性のあるものだ。当然、病院内では喫煙出来ない。ある種、タバコの味わいにも似た、皮肉な味わいである。

「後で管理栄養士に、クレームを言うしかないな」

　改善されなければ、人間としての尊厳、そして、人間としての本性をさらけ出す、つまり、人間とは飼い慣らされた、家畜同様の生き物である事を認めることになる。だから僕の言い分は、管理栄養士は傾聴するであろう事は予想出来る。

　誰かが言った。

「殺されるのは、一番に俺達みたいなのが、殺されるだろうな」

　僕はそれを目で聞いた。

　ヒトラーのホロコーストの中に、精神病者もいたからだ。現在の様なソーシャルセキュリティが行き届いた社会では、まずそういう事は起きないだろう。しかし社会創造性を失った時、人間の間で何が起こるだろう？　そういうリスクはないのであろうか？　社会は常にそういうリスクと戦っている。僕もそうだ。しかし、そういった社会のリスクとは、恐怖心そのものだ。意思決定は一人でしない方がいい。しかし、集団故の意思決定による創造性を失ったらどうなるであろう？　希望とはそういった形あるものの、構造上の問題である。

　大きなガラス張りウィンドウから見る、中庭の
木の葉を見て、我々は木の葉の日の当たる部分だ
けを見て、絶望だとか、希望だとか言ってるので
はないだろうかと思った。

　ホロコーストは起こらなければ、我々は現在を
享受出来なかったのであろうか？

　変化とは、この地球上では、乗数的に起きる。

　今日は晴れている。晴れていると気も晴れる。
逆に雨が降っているとより感情的に。感情は必ず
訪れる。絶望的であっても、好きという感情があ
れば、生きていける。人間は自然に実在を求める
ものだが、腹の底で何を考えているのか、わから
ない生き物だ。それでも好きという気持ちは、心
の底から出てくるものだろうか？　時として自ら
思い通りにいかない事に、悲しみを抱く事も。そ
れが自然に乗数的に変化してくる。それに戸惑い
を隠し切れないのである。およそ空気というもの

は事実そのものである。隠し切れない自分の変化に、ついていけないのである。

「何かいい答えが出たか？　お前達の言う事はわかってる、行き着くところ、愛だろう？　そんなもので本当に救われるのか？　お前達の中でそういう奴を見たことがない」

　僕は「愛」を否定するつもりはない。

　しかし、そんなものを信じて救われた人間を見たことがないのも事実だ。

　僕はフランスの思想が好きだ。しかし、キリスト教徒ではない。フランスの民主主義思想が好きだ。「自由、平等、博愛」。人間としての定義として確かなものだ。しかし、それによって、現実の冷酷さも知る。愛とは、可愛いもの、愛おしいもの、愛でるもの、感覚の全てだ。英語で言うのなら、「アタッチメント」そのものだ。愛に現在認

識が加われば、「自分」そのものになる。個性ではない。社会的動物そのものなのである。愛では、過去も未来も認識しない。従って、現在認識さえもしない、生理的なものである。故に、不完全性そのものなのである。物理学の言う不確定性原理も、あらゆる個性も平均化されてしまうという、均衡理論なのではないか？　故に、人間は人間に絶望する。生来、人間は何も宇宙の事を知らないで、生まれてきた動物である。全ての絶望は当たり前の事である。故に多くの場合、人間は当たり前の様に、絶望を受け入れてしまう。希望するなら、全てを変える事、そして変化に強くなる事である。

「ふー、やっと現在に辿り着いた」

　僕は呟く。そして何より、対称性のある自分自身と、語り合うのである。

　過去に生きるのもありなら、未来に生きるのも

あり。多くの場合、人間は集団になると、過去性
の人間と未来志向の人間に分かれる。世代間の
ギャップを見れば、現在認識がいかに難しいかわ
かる。

「現在の中で生きるのか？」

　今を生きるのは苦しい。しかし、過去も駄目、
未来も駄目なら、

「今を精一杯生きるしか、ないんじゃないの
か？」

「過去も未来も現在も駄目なんだろう？」

「全てが駄目なんだろう？」

「だから今しかないんだ。これが僕の出来る事の
全てだ」

22

「……」

　自然と意識は絶望へと誘う。これが全ての現在
認識だ。だから自分に何が必要か？　何を欲して
いるのか？　何を美徳としているのか？　が、必
要になる。現在認識を普遍性で言えば世界観。世
界がどうやって出来ているか？　その構造をより
物理的に解明するのが、経済そのものになる。矛
盾しているが。

「人間がまだまだ未熟だからだよ」

「それがお前達の答えか？」

「必ず僕は君を超える」

「それがお前達の超え方か？　絶対無理だ。だか
ら絶望してるのだろう？　何故なら俺は宇宙その
ものだからだ」

「……」

　$\log N = P$

　ならば、

　$N = e^{\wedge P}$。

　$d\pi r = \pi r^{\wedge d}$

　ならば、

　$\log d\pi r = d$

　πr を対数の底とするなら、Ｍという大数は、dという指数で対数化される。

　よって、

　$\pi r^{\wedge d} = M$

π rが宇宙の構造となる。

　この広大な宇宙の中で、僕一人の絶望なんて小さなものかもしれない。でもこれが一般認識なら、それは我々にとって悲しい結果をもたらす。この宇宙の存在の一部分であるが故に、そういう悲しい運命を課せられているとしか、思えなくなるだろう。人間という多くの意思決定の中で、そういう決定がなされるのであれば、仕方がないのである。宇宙もまた、そういう我々の変化を、知覚しているのかもしれない。絶望は突然訪れる。宇宙の構造故に絶望は必ず訪れる。感性故の因果律によって、現在認識を失うのである。だから人間は、絶望に対処すべきである。でないと、社会としての構造を失い、人間が人間でなくなるのである。

「何故君達は、悲しみでしか、語りかけないんだ？」

「宇宙は望むものを与えたりはしない、与えるのは君達だ、たとえ絶望でも」

「与えるしかないんだな、そして、受け入れるしかない」

「そうだ、それを失ったら、肉体は滅ぶ」

「なんだか、疲れるな」

　僕の言いたい事はこういう事ではない。何故世界は善悪に分かれるのか？　人間の人生は最後の1分1秒まで、善悪に分かれる。世界が最後の1％を選択するとして、人間はどういう自分を想像するのだろう？　世界が100％の力を持つとして、それを補う事は出来ないのであろうか？　それは最後の1％の絶望に賭けるのか？　それとも残りの99％の期待に賭けるのか？　その様な選択に迫られているような現在にしか見えないのである。

「なんだか、孤独だな」

「そうだろう」

「それが君の言いたい事か？」

「……」

　人間が人間としての意識を失ったら、結果を
失ったら、多分この宇宙で生き残ることは出来な
いだろう。現在認識は間違っていたら、変えなく
てはならない。何故なら、最後の1％の絶望で出
来ているのだから。最後の1％の虚しさは、充分
見てきたからである。そもそも、才能を1％で出
来ていると、公然に唱えたのは誰か？　才能とは、
人間のあるべき姿、人それぞれ同じものである。
それを過去と未来に掛け合わせて、現在を見比べ
ることの虚しさが、どうしてわからないのか？
人から教わる絶望の虚しさは、そのまま社会とし
ての虚しさになる。それを伝える術もないのが、

実情である。

　ベッドに横になる。心を縛っている理性が、胸を締め付ける。天井を見ながら、心の理性にプレッシャーを感じる。過去と言う名の未来。また同じ様な人生が待っているのだろうか？

「点呼です」

　と言って、看護師が居室を回ってきた。そう言って患者を確認していくと、また次の居室へと急ぐ。まるで呆れるように、淡々と仕事をこなしていく看護師に、敬意を表せざる得ない。患者が誰にも踏み込めない闇を抱えている事を知っているように。それと裏腹な笑顔が対照的だ。対象としての笑顔ではなく。

　対象としてのdは宇宙そのものだ。だから人間は実際のところ、何もかも共有している。$\pi r^{\wedge d}=M$は肉体の構造を示す。そうでなければ宇宙

は存在しない。存在としての宇宙に不思議を感じ
ざるを得ない。何故我々は宇宙を知覚するのか？
そこに大きな理由があるように思う。そうこうし
ている内にMiaからメールが届いた。

「何してるの？」

「うーん、ちょっと仕事でトラブっちゃって、病
院入ってる」

「どこか悪いの？」

「いや、精神科だから、心が病んでるだけ」

「大丈夫？」

「しばらく、仕事は出来ないけど、なるべく早く
復帰するよ」

「わかった」

　仕事でトラブった。この事実がどれだけ堪える
かは、Mia にはわからない。だが、重大な事がい
つも起きていて、その狭間でもがいているのは心
配してくれている。その事は自分にとって、どれ
だけ重みを、持ったものかという事は、病院の看
護師でも共感するところだろう。およそ人間の感
情は所作に分かれていて、言葉そのものはタイミ
ングだ。女性を見て人に寄り添い方は、色々ある
ものだと思う。それぞれに岐路があって、それで
マインドコントロールしてるのだろうと思う。

　全く仕事でトラブったと言っても、実際には不
確定要素が多すぎて、当然の結果と言わざるを得
ない。個人トレーダーとして実績が上がったから、
資金を拡大しようとして、資金洗浄にあってし
まったのだ。つくづく自分一人で意思決定する怖
さをわかった。

　そもそも自分の意思決定の弱さは今に始まった

ことではない。家庭が不幸を背負って、深く自分の意思決定に関わっているような気がする。あの時父は言った。

「死ね」

他愛もない幼少期から、僕の所作に殴る、蹴るの暴行を加えて、吐き捨てるように。社会的立場のある人だったから、犯罪を犯すような人ではなかったが、昭和を象徴するように、人間の酷い姿をまざまざと、見せつけた。それが何の意味があるのかわからず、ただ母親が父は仕事がある人だからという言葉に甘んじていた。今、そういう大人っていうのは、世界にどれだけいるのだろう？

「大人なんていなくなればいい」

「仕事はたくさんだ」

男が社会的な暴力を背負い、女がそれに依存す

る。どこでも見るよくある光景だ。だから僕の意志は過去にあり、現在は未来にある。そういう教育を受けて、現在認識そのものを錯誤している。いつか自分にも救いがやって来ると。日々同じ自分と向き合い、自分自身の無力さに絶望する。気がつけば周り皆同じ人間の顔して、同じ絶望に向き合っている。人間だから仕方ないよって。看護師でさえ、真剣な目をして、同じ絶望を機械的にこなす。暴力に依存していれば、自分には矛先が向かない、そう思っているのだろう。実際に僕には、周りの考えてる事がわからない。コミュニケーションがないから、事実そのものより、人の顔色が気になるのだ。

「は～あ…」

　少子高齢化だから、子供をたくさん生めばいいのか？　で、自分みたいな人間を育てるのか？

「絶望だな」

　最後の1%は僕だった（笑）

　そういう自分が嫌にならないのか？　所謂、自己嫌悪を煽る社会。「共存共栄」を掲げながら、「弱肉強食」を実行する。およそ知識は、人間の感情全体の様なものだ。自己認識を絶望の定義としている事自体、人間の共存性そのものに反しているとしか言いようがない。

　1%の絶望は善悪の境目だ。経済の乗数理論によって、

$$\lim (axy)^{\wedge 2} = a^{\wedge 2} + x^{\wedge 2} + y^{\wedge 2} / d = h、$$

絶望的な意思決定に費やす費用xyが増大する。両者が均衡するには、50%の絶望と希望が均衡し、動的1%がどちらに属するかという、意思決定に依存する。絶望は徐々に自分を侵食していく。その許容範囲によって、意思決定が大きく変わるの

も、事実である。僕らの世代が実現した社会は、ある意味僕らの絶望の裏返しだ。それによって失ったものとか、社会の矛盾は乗数によって更新される。それは善悪の狭間を超えた「夢想社会」である事を望む。「夢想社会」でも意思決定は必要だ。その意思決定が全てを左右する事の恐ろしさを知るのである。

　だから絶望は共通認識。どこに実体があるかと言うと、現在そのものである。現在を変えるのは自分だけではなくて、周りや世界を含んだ時間そのものである。だから僕達は、自分達がフィットする現在を作らなければいけない。例えば、善悪が未来の希望と絶望を作るのならば、善悪を超えた認識を、持たなければならないという事だ。善悪を超えて現在を過去性と未来で表すなら、比率で表すことが出来る。絶望が50％を超えてくれば、悲しい気持ちや結果をもたらす。そうなる前に感情論を整理整頓しなければならない。感情は知識であり、自分の道しるべである。そうして望

ましい感情を見出すことが、希望となるだろう。

　でも未来とは割り切る事なのか、僕にはわからない。ただ割り切れない過去が、そうさせているのか、それとも現在は現在として割り切っているから、割り切れているのか？　現在認識を、

　mn/n=h

とすると、割り切れない過去だけが残る。三平方の定理、

　$a^2+b^2=c^2$から、

　$\lim (a+b+c)^2=a^2+b^2+c^2+abc+2ab+2bc+2ac$

とすると、

　$a^2+b^2=c^2$

で均衡するから、残りの、

abc+2ab+2bc+2ac

は余剰ということになる。あくまでも経済原理としての論理である。この世の中に説明出来ないものがあるとして、いや、説明すべき点があるとして、多様性ほど複雑なものはない。ただ割り切れない過去と重なるのは、錯覚であろうか？　ただ生態系が複雑なのか？　コンピューターの様に割り切れる未来なら納得もいくだろうが、いつまでも割り切れないものに点数をつけて、それであなたが正しい正解者です、とクイズ番組を見させられている気がしてならない。

　1%の絶望に支えられて社会は動く。1%は善悪の境目でもあるが、過去と未来の境目でもある。その刹那の一瞬が現在認識になる。現在認識を失うと絶望する。未来とは未知の世界、過去とは経

験則。だから現在認識を除いては存在し得ない。
ここに時間としての現在認識の矛盾がある。我々
にとって現在は重要だ。でも現在は過去で出来て
いる。未来という未知の世界にたどり着く為には、
何かが足りない。未来性とは何なのか？

　手帳に明日の予定を今日書いても、それは未来
とは呼べないだろう。また、花見の予定が来年あ
るからと手帳に書いても、未来とは呼べないだろ
う。それは不確実性である。今回の様なコロナウ
イルスによって、未来をより柔軟性を持って、対
応を迫られる人は多いのではないかと思う。未来
が来れば、過去は忘れられるかというと、そうで
なく、確かに過去は存在する。何故なら今が、現
在認識だからである。だから計算上、現在の未来
とは、過去性によって計算されている。しかし未
来とは創造的世界である。だから、営みであり、
環境である。生活の根拠を「業」ではなく、「営
み」とするなら、自然と現在認識へと移っていく。
という事は、宇宙の構造に、「自然」という認識

がある事を示している。人間が好きとか嫌いとか憎しみを抱くように、宇宙も動的に動いている。これは我々を全て浄化する力を持っていることは一目瞭然だ。故に我々はそれを超える力を持っているのではないか？　これは、我々が自然を乗り越える事を意味している。我々は生物を管理し、森を作り、快適な住環境を創造する事が出来る。その為の創造性である。それを悪用する事は、してはならないのである。

　今過去というバスに乗って、未来と今を行ったり来たりしている。一番最初に乗ったのは子供の頃だ。今家に向かっている。子供の頃はＯ市に住んでいて、今家はＡ市にある。子供の頃は親の暴力とかハラスメントが嫌で、よく土日になると、一人田舎に帰っていた。田舎では祖父や祖母が住んでいて、長男だから家の跡を継ぎなさいと言われていた。その時はそれが僕にとっての未来、それが全てだった。だが今にとっては過去の事。今、子供の頃と同じ様に田舎へと帰る僕が、現在

であり未来だった。たとえそれが絶望であっても、あの頃と変わらない人の営みがあり、今も変わらない場所に、あの頃と同じ名前のバス停が立っている事に、現在であり未来を感じるのである。

　今夢から目が覚めた。僕は普通に絶望する事はよくあって、今までにも何度もそういう思いをしてきたが、そういう自分を変える事で生き延びてきた。絶望が死に至る病気だという事は、キルケゴールに言われなくてもわかっている。しかし僕の言う絶望は、キルケゴールの言うそれとは、違うように思えるのだ。それは今の日本社会がそうだから、そう思えるのかもしれない。また、僕が仏教徒だから、そう思えるのかもしれない。しかし、実際のデータや経験から、自分そのものが支配される事が要因になっているように思うのである。支配されるとは、社会であったり、思想であったり、暴力であったり、反社会的な思想であったりするのである。今、自由という名の下に、反社会的な思想は蔓延していないだろうか？　ま

た、大衆社会という名の下に反社会的な思想が、
浄化されていないだろうか？　一方的なマス・メ
ディアの美化された報道というものは、どこの社
会でも一方通行で目の前をよぎる。そういう人間
の基礎的要因が、欠如しているように思えるので
ある。

　絶望は過去に既に起きている。現在に於いても、
過去性の強い現在が絶望の原因である。未来性の
強い現在には絶望しない。しかし、この時から生
きている事の選別が始まる。人間という過去に
よって。本来なら、現在認識を正しくしていれば、
等しく生きていけるものである。人間に孤独は必
要ない。僕からして見れば、人間は生きている理
由に、渇望しているように思える。この理由を失
えば、家族も社会も愛情も、失ってしまう。生き
ている事は渇望から来る、欲求ではない。目で見
えてくる事、耳で聞いている事、感覚として捉え
る事、知覚するもの全てを、受け入れる事である。
そこには、存在する理由があり、それを事実とし

て受け入れる事が、宇宙の構造である。

　自分は何を持って生まれてきたのか？　自分に
関心のない人間には、全く興味を感じないテーマ
だが、僕は最も興味を感じる事だ。愛などと不完
全で陳腐なものではない。もう既に男女の仲なん
て辟易していて、子供を生み育てるという行為に
でさえ、忌まわしいと思う程、絶望に激しく解毒
されている。それが人間の実態で、それとは正反
対に、隅々まで行き届いた秩序を生み出すもの、
そういうものに美徳を感じる。この美徳があれば、
どの様な絶望があろうとも、生きていけると確信
するのである。従って人間の実存性には、全く意
味がない。実存を感じたからと言って、世界は変
わりはしない。善は善、悪は悪であり、共存出来
ないのである。

「僕って何だろう？　ただ終わりのない事に、人
生のエネルギーを費やすだけの、無駄な生き物な
んだろうか？」

「終わりがない、それは間違っていない」

「営みにいつか終わりがあって、世界は終わるものだと思ってた」

「善か悪か、そういう問いかけはやめた方がいいな、生きるなら善しかない」

　ただ、今も際限なく動き続ける、僕の身体のエネルギーをコントロールする為に、いつも僕は問いかける。今まさに、目の前で起きている、他の患者の雄叫びに、対応を迫られる医師や看護師の様に、自分自身に問いかけるのである。こうして見ている風景も、限りない営みの中にあって、日常的に善悪の壁にぶち当たる。日常が残酷なのか？　それとも、営みに限界があるのか？　そういう所作に僕は、未来を見ているのである。

「はっきり言ったらどうだ？　僕が君を愛せば、

全ては幸福に終わる」

「秩序だ。秩序がなければ、何も存在しない」

「秩序の為に、過去と現在と未来があるのか？」

「そう思えばいい」

　いつの時代も、争い事の絶えない、僕らの世界
に、いや、宇宙に秩序が存在する事の違和感は、
僕らの存在故の不思議に行き着くのだ。既に知覚
故に、神などという意識は存在しない事がわかる。
相対としての宇宙があるだけだ。この相対として
の宇宙の中で、秩序と言う平等な意識で生きねば
ならないのは、この肉体を見ても明らかだ。その
事を認められない生き物という性は、滅びる運命
なのだろう。日常の所作を軽々と機械的にこなし
ていく事は、生まれ持ってきた運命をこなす、丁
度燦然と輝く星と同じ様に、決められたものだと
思う。人類がいつその事に気づくか？　不思議な

のである。

　機械であれば、その電源が落ちる事のない限り、
または故障する事のない限り、永遠に動き続ける。
誰がこの我々の肥大した、機械的世界のスイッチ
を切り替えるか？　その事が未来性である。故に
我々が夢を見るように、呼吸するように、我々自
体が独立した存在ではない事を、示すのである。
絶望の後に訪れる平穏そのものである。

　担当の医師が、話しかけてきた。

「気分はどうですか？」

「変わりないです。気分はいいですね」

「状態も良さそうなので、退院の方向で会議にか
けてみます。何か心配事はないですか？」

「色々ありますが、順序よく解決していくしかな

いです」

　今は過疎化している田舎の家も、200年の営み
を支えてきた。昭和という激動の時代を経て、時
代の波と共に、かなり劣化してきた。昭和は人、
モノ、金が爆発的に増大した時代だ。その後に、
経済が技術革新によって、社会形態や街、田舎が
衰退した時代でもあった。社会のバランスも変
わった。いわゆる経済の人間性より、歴史も物理
的問題がはるかに、拡大して総量が超えた時代
だった。自然と人間の意識も変わり、美意識も変
わった。1991年、ソビエト連邦が崩壊して、東
西冷戦も終結した。イデオロギーから実体経済へ
と世界は変わり、金融工学の発展で世界の量的発
展は、現在では無限に広がってきた。もう国レベ
ルでの経済崩壊は、珍しくない。国家間での連携
は当たり前で、グローバル社会での統合が、これ
からの問題になると思う。情報は蔓延し、情報量
では地球の歴史を、優に超えるようになる。現在
認識に於いては、もう既に宇宙レベルである。

　病棟の看護師がナースコールで話しかけてきた。

「Gucchi さん、夕飯ですよ」

　今病院にいるという事は、病院側に僕の状況を
全部把握されていて、看護師に見つめられながら、
全ての生活をしている実感を持ち、奇妙な気分に
時々なる。看護師はそんな素振りは全く見せない
が、実際は精神科の病院なだけに、生活の細部ま
で見て記録しているのだと思う。分析は、生活実
態から家族関係まで及んで、精神的に落ち着いた
状態なのかどうか？　生命の保障をチームでして
いる。時に作業療法士や社会福祉士、精神保健福
祉士なども関わり合って、生活実態を支えている。
ここに来れば何が起きても、自分を受け入れてく
れる機能を備えているのだ。それには、厳格な法
律の適応というのがあって、成り立つ。

　思えば、僕の家族は「家族の定位」を成してい

ない。それは普通歳と共に、自分と関わる人が独立していく場合に於いても、希薄化していくものだが、僕の場合、家族としての所作が問題なのであって、結び付いても仕方ないところに、結び付いてしまった。時代のせいと言えば時代のせい、最近の事でもよく聞かれる人間の性と言えば、そうである。現在認識が難しいのも、そういう生命の親から子へと伝えられる、過去の出来事の業と言う、悪循環から生まれたものであるからである。真の意味で全てから独立した時に、秩序に目覚めるのである。それがいつの事だったか？　今の僕にはわからない。遠い昔に置いてきた。幻の様なものだ。そして、個人トレーダーとして、現実にマーケットに関わっている事も、不安定な理由である。ある意味、僕は一人だった。それが悪循環の理由だった。現在認識を錯誤して、今気づいて覚醒するのである。

「待てよ？　現在認識が正しいとすると、未来が動的に動く、未来は未知のものじゃないのか？」

「君は未来を何の為に、作りたいのだ？　未来は
君達によって、予定されている。あらゆる現象と
は、君達によって起こされるものだ。よって我々
には、何の責任もない」

「秩序ってどういう風に、作られるんだ？」

「それは君自身が考える事だ」

　世の中の真剣な眼差しとは別に、お互いに対し
て無関心な文明人は、もう秩序なんて考える暇も
なく働いている。働く事が秩序なのか？　それと
も「愛」か？　愛が不完全である限り、秩序の為
に働かなくてはならない。愛を信じる者は不幸に
なる。不完全故の「愛」なのだ。いや、不完全な
のは、我々だ。相対として不完全な我々が生み出
すのが秩序だ。そして、秩序として生み出される
のが、宇宙の中にいる我々の姿だ。マーケットが
あらゆる場面で、均衡と不均衡を重ねて動くよう

に、生活の営みは調和と不調和を繰り返す。そう
やって意思決定する度に、秩序が確立されるのだ。
絶望から整然とした現在認識が生まれ、過去から
の現在と未来からの現在が、秩序だって動き始め
る。そうやって未来は作られるのである。

　しばらく病棟を歩いた。僕は他人から、「幸せ
そうだ」とよく言われる、しかし、しょっちゅう
絶望しているのを他人は知らない。他人の服装や、
笑顔や、所作、営みの違いに絶望するのである。
しかし、その他人との違いに疑問を呈し、自分自
身を発見する事に意義を、見出しているのである。
この違いは、ピラミッド型の生物多様性に、繋が
るのである。他人の所作を見れば、思い思い別々
の方向に向いているのだが、それが宇宙に繋がる
ピラミッドという、不思議な形をしているのであ
る。そのピラミッドを見れば、これから起こる未
来にも、どう作用するのか？わかるのである。

　しばらく歩くと、フロアで患者が皆食事をして

いた。

「あっ、夕飯だっけ？」

　看護師が声をかけてくれる。

「Gucchi さんですね、はい、どうぞ」

「あ、どうもありがとうございます」

　管理栄養士にクレームを言っただけあって、食事メニューは特盛のご飯と、ハッシュドポテトと温野菜とエネルギーゼリーだ。僕はベジタリアンと言ったが、ほとんどビーガン食だ。何故そんなに菜食主義にこだわるかは、肉食というのが残酷で非効率だからだ。経済という秩序の中で、お互いに代償を払わなくてはいけないのは当たり前だが、肉食という人間の行為で何を代償として払っているかは、周知の事であるからだ。

　僕は看護師に尋ねた。

「何で肉食するんですかね？」

　看護師が答えた。

「だってお肉美味しいんだもん」

「……」

　単純な答えだ。善悪の境なく、単純な知覚のみ
が真理の女は、嫌いだが嫌いではなく、友達に
なったら上手くいきそうだが、深入りはしない。
僕にとって秩序のみが、自分を支配する。美味し
い、美味しくないの問題ではなく、美味しくする
にはどうするかという問題だ。それには知覚だけ
でなく、根拠が必要だ。その自己犠牲が、何の根
拠になるのか、僕にとって不明だが、こういう手
をつけられない、人間の業は歴史で十分語られて
いる。つまり、殺したいから、殺すのだという理

由と変わらないのである。根拠そのものを突き詰めると、肉食という行為や、東洋的な思想で行いは全て自分に返ってくるという業の思想では、結論として全く理がない結論は出ているはずなのに、それでも生きている事に営みを求めず、業を求めるというのは、生物そのものに見られる生態である。秩序の上では、そんな理由は全くないのである。

「現在認識で救われる、刹那の一瞬とは、何を先じるかだ」

　後退ではない。前進だ。現在のあらゆる選択肢の中で、何かを選択する事によって、現在は前進する。そのためには、未来を予測しなければならない。だから、個々の選択肢に任せる事によって、未来を最大限に活用するのだ。

「そうだ、ギターを買おう」

「お金ないから中古だな」

「こんなものの為に生きてるんじゃない、って歌の台詞あったっけ？」

　ただ、こんなものの為というのは、人間はものとしてある訳ではなく、ものとしては感情としての所作ではない。だから感情としての世界観は、もっと動的である。感情認識にも現在認識はある。

「この限りない宇宙に、秩序を与えてやる」

　不確定性原理はよくギターの弦の構造に例えられる。弦は静的には均衡しているが、人の手が加わるとバネの原理でねじれの構造から、不確定に均衡する。そして振動すると共に、その物質の力により、不確定に均衡し、膨張した部分は静的に平均化され、また均衡する。この近代の物理学の発展が、経済学の発展に寄与してきた。これを理解すれば人類は超能力を身に付けるのも可能だ。

これをもってすれば経済学の民主主義思想による、不可能性定理も可能性定理に変化するのである。経済が均衡、不均衡を繰り返すのも、この宇宙ならではの原理なのである。

　未来は0か1かという問題は、善悪の境の様に付き纏うが、我々にとってありふれた日常を送る権利は、宇宙からも与えられている。そういう日常を守る事こそ、秩序にのみ生きる宿命なのである。感情として、泣いたり笑ったりするのが人間であり、その感情を大切にする事こそが、秩序を与えてくれる恵みそのものである。

　マーケットは感情で動く。だからこそ理性的にならなければならない。その感情を制御することこそが経済の原理であり、これから未来へと繋がっていく。それは過去と言う人類の業から、営みへと変化していく、ギターの音色の様な調和であり、人間と言う重力の重さであると思う。そういう日常を考える事は、経済にとって好印象を与

える。

「なんだか、落ち着いたな」

「次は田舎の家をどうするかだ」

「街の便利な所にアパート、借りるか？」

　こうして我々の未来の選択肢は増えていく。しかし僕にはまだ「現在・過去・未来」の区別は付いていない。何故なら、現在の僕は、常に壊れていくからだ。それが一種中毒性のある肉体の構造であり、生理的欲求だからだ。

　叔母さんから、電話があったみたいだ。折り返し電話を掛けてみる。

「もし、もし、叔母さん、Gucchiです、何か電話あったみたいだけど」

「Gucchi、何かじゃないよ、どうしてるの？」

「いや～、色々あって、今病院に入院してる、また、まとめて話すよ」

「もう、あんまり心配かけるんじゃないわよ」

「また、退院したら電話するよ」

「じゃあ、ね」

　家庭が不幸に生まれた子供は不幸だ。それはこの世の中で、一人で生きていかなければならない宿命と、一人で道を切り開いていかなければならない、知性を持ち合わせなければならない悲しさだ。人間は一人では生きていけない。それは叔母でもわからない事を知ってる、数少ない理解者だ。しかし、いずれは人間も、草木の様に成長していく。その事を知る事が現在認識であってほしい。いくら未来が変わろうとも、人としての営みは大

切にしたい。

　個性やアイデンティティが、どうやっても与え
られたものだとしたら、我々はその意味を知らな
くてはならない。実際に、物質の空間転移、いわ
ゆるテレポーテーションには、もう既に成功して
いる。我々は常にそういう日常に晒されている。
世界はもう、知性がどういう風に作られるかを
知っている。そういう経済の法則性も、日常に生
かされている。営みというものが、世界観にどう
作用しているか、知るべきである。もう世界は
とっくの昔に始まっているのである。人は死に
よって、人生に終わりを告げると捉える傾向があ
るが、事象は流転し終わりがないのが常である。
また人は力によって事象を解決しようとするが、
問題を力ずくで解決しようとするのは無意味であ
る。問題を理解し矯正しようとする事こそ本質で
ある。つまりそれはコミュニケーションの意味で
あり、社会の意味である。人は何故希望を持ち失
望するか、それはプロセスである。それは個体が

個体であろうとする、力であり存在である。

　夜中に目が覚めて、ふと街の静寂と、病院内の静寂に耳を傾けた。そしてフロアにお茶を飲みに出た。看護師はこの夜中にも、もくもくと仕事をこなしている。病院という、一種日常から隔絶された空間にも、営みがある。窓から見える街の明かりにも、静寂と営みが映し出されていて、暗闇を照らしている。

「そうだ、僕はヘッジファンドを、作りたかったんだ」

「しかし、資金洗浄にあって、資金を失ってしまった」

「いいさ、また始めから、やり直すだけだ」

　僕はまた深い眠りに落ちて、また新たな営みに向けて準備をするのだ。そう言えば心理学では、

夢理論というのがあって、人間は意識していれば、夢を記憶する事が出来るそうだ。夢の中でまた未来に出会えて、現実と調和出来るとしたら、この上ない喜びだろう。しかし、夢としての僕は、未来を暗示する不確定な、夢を見る。一番最近に見た夢は、とある駅に電車でやって来たが、目の前に真っ赤な木の生えていない火山を見て、「なんだ、火山か？」と思って、また駅から電車に乗って引き返す夢を見た。ある種現実の暗示だろうが、夢の中の僕は限りなく、冷静なのである。多くの人は人生に終わりがあると思っていると思うが、また、歴史の中で多くの人は人生に終わりがあると僕に教えてきたが、僕にはそう思えないのである。

この地球上の生き物、人類、微生物に至るまで、何かを中心に動いている。知覚に至れば、遠い星や宇宙というものに心は及ぶのだが、それを肯定して生きていく事は、互いに交信する事によって方向性を共有し、選択していく事に意義がある。それが絶望であっても逃れる事が出来ないのであ

る。だから、清く美しく生きていく事が我々の生きがいであり、どんな世界にも必要不可欠な事である。実在とは、そういう意識のないところからやって来るのだが、確かに感覚以上に知覚としてあるのである。だから、愛とは秩序の中で育つもので、混乱の中に愛は育たないという事である。

　朝が来て目が覚めると、まだ夜の余韻が残り、ざわついた過去の絶望感と、現在認識が胸に残る。自動販売機で缶コーヒーと野菜ジュースを買って、胸のざわつきを収める。朝の鳥の囀りと精巧に作られた病院の中庭を眺めて、日本人の精巧な数学的な思考を思いやる。自動販売機は、古代エジプトの寺院で「聖水」を販売する為に作られたのが始まりだそうだ。日中に定期的に飲み物を補填する、仕事人の秩序だった働きに恐れ入って感謝する。そういう仕事人を支えている秩序を、何が支えているかは僕にはわかる。「感謝」という秩序、思考そのものが、動くという動的な物理的行動に結びつくのだろう。しかし僕にとっては、今の世

界が現代物理主義で凄まじく動く、情報の世界を
知っているから、その「ギャップ」に恐れ慄くの
である。

　現代物理主義は宇宙へと誘う。しかし、我々は
どうやって宇宙へ行くのか？　この環境をどうし
ていくのか？　まだ気づいていない。過去、現在、
未来として旅をしながら、未熟な生まれたままの
世界で、時には立ち止まることもある。今の膨大
な情報は、地球という過去の存在故の遺産である。
我々はこの遺産をどう活かすのか、考えなければ
ならない。

「今日は何だか気分が違う、多分少しずつズレて
いってるのだろう」

　この違和感が「1％の絶望」なのだろう。自分
の力ではどうにも出来ない力が働く。自然と言え
ば自然。しかし、この瞬間にも世界は動いている。
自分の無意味さに、自己嫌悪に陥る。でも、結局

は落ち着く所に落ち着く。僕達はこうして生まれたんだ。宇宙には生まれたい魂もあれば、生まれたくない魂もある。無意味に生きるも、有意義に生きるも、それほど変わりはしない。しかし、僕は有意義を選択してしまった。未来の為に。

　人は何故希望を見せびらかして、未来へと誘おうとするのであろうか？　この宇宙であらかじめ未来が予定されていて、我々が生まれたとしたら、何の不思議もない。でもそんな我々が共存出来ないから、希望をひけらかすとしたら、理解出来る。

　また担当医師がやって来た。

「Gucchiさん、おはようございます、そろそろ退院の方向でいきましょうか？　お疲れ様でした、まあ、まずは外出と外泊してから、徐々に環境を慣らしてからにしましょうか？」

「わかりました、色々ありがとうございました」

62

　医師は肯定からは入らない。人生は不合理だと言う。しかし、僕にとって合理的という事は、人生を肯定する事になる。それが生きがいだからだ。だから、絶望感を引きずりながらも、現実を肯定して生きていくしかない。僕にとって、合理的な未来とは何なのか？　創造する事、そして美しい世界にする事。その美意識そのものが理性だ。多情な怠惰な人生を美意識で創造する事が僕の理性だ。

「先生、どうも田舎暮らしは肌に合わないみたいなんですが、この病院を中心に生活する事は出来ないでしょうか？」

「わかりました、ワーカーに掛け合ってみます」

　今時代はものすごい情報量で動いている。その時代の変遷を見れば、昔では考えられないくらい革命的な出来事が、日常的に起きている。その中

で秩序を保つ事は、難しい事かもしれない。知性だけでも、理性だけでも、生きていけない。脳科学の進展で人間の思考も、ある程度パターン化されてきた。しかし、その秩序が崩れた時に、人間は絶望する。だから、自分で考える事の大切さを知るべきだ。

　絶望は希望と共に消える。淡い夢の様なものだ。そういうものを時間と呼ぶのだろう。我々はそれを感覚でこなしているが、知性でも理性でも説明出来ない「心」というものを持つ。「心」は、移り変わる宇宙を表しているように、世界で起きる悲劇など気にも留めないように、動いていく。

「僕は何をすべきだろう？　いや、よくわかっている、ただ不安なだけだ」

　来るべき日に期待をして、日々決断をしていかなければならない。自然と共に。

　一口に自然と言っても、我々はその実態を知ら
ない。自然とは調和を指すものだと思う。時に、
昔会って離れ離れになった幼馴染に、偶然会うよ
うな必然性を秘めたものだ。それがあれば、我々
は永遠に生きる事も出来る。だが、その時どうす
るのかは、その時の我々にしかわからない。もう
既にマーケットは動いている。

「君はどうしたいんだ？」

「人と共感したい、感動させたい、共存したい、
　君とも共存したい」

「いい答えが見つかりそうだな」

　ここ入院した2〜3ヶ月、病院に缶詰でタバコ
も吸えない状況だったが、肉体は浄化されて、タ
バコを吸いたいとも思わなかった。今行動の制限
が解けて、無性にタバコが吸いたくなった。

「ニコチン中毒は、どうにかしないと駄目だな」

　全ては中毒性のあるものだ。肉食にしても、ギターにしても、生活のありとあらゆるものが、中毒である。これから拡大する宇宙や我々について起こる事を想像してみると、今地球温暖化だとかエネルギー問題だけでなく、我々の生活は恐ろしい事に直面している。それだけでなく、自分が自分であるという事は、恐ろしい事だ。故に、その変化の中で、秩序を作っていかなければならないのは、我々の宿命だ。

「こういう問題って、一人ではどうにもならないんだよな」

「……」

「でも善悪の境目はわかる、これで行こう」

　もう実際に社会は動いている。常に我々は生き

る事の狭間で営みを、守ろうとしている。その事は間違いではない。それが未来も保障されているかというと、そうではないだけだ。動かなければならない、動的に。

　嬉しい事に、秩序とは、ギターの弦の様に、何度でも張り替えることが出来る。たとえ絶望であっても、現在認識さえ正しければ、やり直すことが出来る。たとえ、弦が切れても。

　ソーシャルワーカーがやって来た。

「Gucchiさん、先生から伺いましたけど、O市内で病院の側で生活したいんですか？」

「そうなんです、やはり田舎の無秩序さは、耐えられないんです」

「訪問看護のサービス受けられますか？」

「ええ、お願いします」

「では、御家族に連絡して、努力してみますね」

　この病院は第3セクターで運営されていて、地域の拠点病院の様な役割を果たしている。もちろん、僕に関する個人情報は共有していて、僕の家族関係が破綻状況なのも認識しているから、話は早いだろう。こういう秩序がどこまで耐えられるのか？　僕の目から見ても心配はあるが、TVを見てもコロナウイルスの感染状況を、データ化して共有する事の意義、個々の行動パターンが時代を証明している。ただそれをサイエンスの全てと言うのは危険である。未知のリスクは未来に付き物である。

　ただ、仕事をしている人には、尊敬の念しかない。真剣に社会と向き合い、社会を尊重し秩序を効率よく運用する事は、いずれは生物多様性に適応し、我々は目的を達成するだろう。目の前の障

害に、敢然と立ち向かう姿は栄誉に値する。内面
はどうであれ、心にも秩序があり、そして、また
新たな秩序を生み出す、経済でいうマーケットの
実体が見えてくるのだ。今何をなすべきか？　今
何を考えるべきか？　そういう現在認識が、秩序
と結びついて、大きな力となる。強さでもなく、
弱さでもなく、太さでもなく、細さでもなく、た
だ、バランスよく調和する事によって、見えてく
るものがあるのである。

「これは全て君の仕業なのか？」

「……」

「僕もそうありたい」

　もともと宇宙が秩序を望んでいて、そして我々
が生まれてしまった。その事は我々には実存性が
ある事は明白だ。生まれてしまったという過去に
対して、我々は色々な自己認識を求めるのだろう。

でも、この広大な宇宙では、現在認識そのものが
理解となる。

「今を生きる事に、プレッシャーに感じる人もい
るだろう、でもそういう事は共有すればいいん
だ」

「そうだ、叔母さんに連絡しておこう」

　まだまだ時間は続く。過去からの現在、積み重
ねた現在が、僕には必要なようだ。叔母さんは
常々、過去に関わる過去性の話はするなと言う。
しかし、それでも話を聞いてくれるのが、叔母さ
んだ。それはもちろん、良かった事、悪かった事
を、寄り分けての話だが。

「もし、もし、叔母さん、Gucchiです」

「はい」

「そろそろ退院近くなったんで、連絡しました。田舎の家、明け渡してO市内の病院の近くに、引っ越そうと思ってます」

「そう、大丈夫なの？」

「田舎の家は、元々母親のものだし、僕一人では整理出来ないから、本来なら、母親や妹も加わって、みんなで整理すべき事なんだけど、家族がこんな状況だし」

「そうね、仕方ないわね、私も手伝ってあげようと思ってたんだけど、この前、肺炎にかかっちゃって、検査したら動脈瘤が出来てるみたい」

「え？　そりゃ大変だ、でも最近の医療っていうのは、すごい進んでるから大丈夫だよ、それより、食事とか偏った事してるんじゃない？」

「今は、お医者さんの言われた通りの食事して

る」

「野菜食べてる？　水分補給してる？　1日最低
1.5から2Lは摂らなきゃ駄目だよ」

「そうなの？　飲んでない」

「僕は以前、介護の仕事してたから、病気になっ
た時の、身体にいい食事とかわかるから、また、
叔母さんの家に行って、アドバイスしてあげるよ、
病院の近くになったら、叔母さんの家も近いし」

「そうね、お願いするわ」

「アルカリイオン水飲んでる？」

「飲んでない、あれはスポーツする人が、飲むん
じゃないの？」

「何を言ってるの？　あれは製薬会社が作った、

一番身体に合った飲み物だよ、介護の現場では、必需品だよ」

「すぐ買いに行くわ」

「またね」

　過去から現在に至るまでには、叔母さんも僕もお互いに現在錯誤していて、お互い過去を引きずっているのだが、過去もそうやって浄化される。僕がベジタリアンであるって理由も、根っこは同じなのだが、常に我々の時間は動いていて、色々な現在認識の中で生きているのを、実感するのである。我が家の先祖は寺子屋をやっていて、当時の学問とは「読み、書き、算盤」であった。それでもそれだけでなく、当世流行で和算と呼ばれる数学があったり、そういうものの情報のやり取りはあって、我が家も当時幕府で禁じられていた、熊沢蕃山の陽明学というものの影響をすごく受けていて、我が家に、当時干魃で田畑に引く水の取

り合いで、騒動になりお互いの水の両分を決めた
という、書き付けが残っている。多分その頃、付
近にある溜池などは作られたのだと思う。熊沢蕃
山の唱える陽明学は新田開発よりも、治山、治水
によって経済を治める事が良いとしていた。

　TVのニュースが流れた。コロナウイルスの進
行状況とドル円が110円をつけたニュースだ。こ
のコロナ禍でも金融活動は活発だ。アメリカの長
期金利が上昇した事が要因で、市場を圧迫したか
らだろう。

「市場は悲劇にはならないんだな」

　しかし、世界の民間債務は、もう既にリーマン
ショック時を優に超えていて、実体経済はコロナ
ウイルスによって、中国以外の先進国はマイナス
成長だ。急速な経済の拡大と減速で、市場の
ギャップは広がっている。そのギャップの中でも、
企業は秩序だてて市場を、良くも悪くも席巻する。

この経済の「ターム」が続くか、予想も出来ない。

　この中国発のコロナウイルスと共に、これが微妙に国際関係に影響して、各国がそれまで描いていた、経済バランスを警戒し始めた。当然「ミリタリーバランス」も引き上げてくる可能性も高いし、世界がこれから何を描いて、自分達がそれによって何を得るか？　したたかに思い描いているのである。このコロナウイルスも偶然起きた事ではない。我々の間で起きる必然性だ。

「僕にあるものは何だ？」

「宿命とは何だ？」

「わかっているのだろう？」

「そうだ、君との会話から溢れてきた、数学的世界観だ」

「直感だよ、直感」

「過去、現在、未来、我々は同じ事を繰り返して
きた」

「それは未来も変わらないのか？」

「多分な」

　我々は、世界を変える事は出来ない。でも作る
事なら出来る。それを我々は端的に、変えると
言っているだけだ。宇宙も我々も、お互いに生産
する事によって、関係を保っている。それは我々
を支える重力そのものであったりする。その関係
性の中で、我々は日々、方向性を担っているのだ。
人間が未来志向の人間と、過去性の人間に分かれ
るのも、その方向性故だろう。そういう人の動き
で、相対的に我々は大きく動いている。

「経済って何だ？」

「意識の相対としての効率性だろう」

「携帯電話みたいなものか？」

「パレート最適であるか？　そうでないか？」

「僕達が生きていくのに、必要不可欠なものだな」

　実際僕らは宇宙に囲まれた、地球と一緒に回る。これは過去が変わらないように、事実そのものだ。そして日々浄化されていて、宇宙と同化している。市場が均衡するように、宇宙とも当然均衡する。たとえ悲劇的な1日でも、人とズレてしまった1日でも、我々のバイアスのかかった1日は、ピラミッド型の三平方の定理によって、いつかは均衡する。それが、経済の物理的認識では、タイムラグであったり、循環系であったりする。

　ソーシャルワーカーがやって来た。

「この前のGucchiさんの要望の件、検討しました、N社って言うのが、訪問看護サービスと共に、不動産とか生活の相談に関わるサービスを、やってるんですよ」

「なるほど」

「それで住居の借り上げとか、保証人とか、緊急連絡先の代行とかもやってて、そこのサービス受ければ、転居もスムーズにいけると思うんですが、どうですか？」

「そうですね、家も母親の名義ですし、僕としては了解です」

「じゃあ、御家族間の調整も含めて、話を進めてみますね」

「よろしくお願いします」

　今僕は未来を変えようとしている。いや、作るという表現が正しいだろう。多くの人の現在認識が正しいとは限らない。でも民主主義では多数決の原理で動いている。多くの悲しみを飲み込むように、世界を浄化している。しかし、人の生き方は様々。砂の様に溢れ落ちていくものもある。故に人は秩序というものを知らなければならないのである。

「そうか？　僕は自分の為に、涙を流していた訳では、ないんだな」

「そう、人は多くの事に涙を流す」

「だから、僕達が与えなきゃ、いけないんだな」

　少しずつ再び動き始めた僕。大きな不安と1％の希望に、複雑な感情を抱きながら、一歩ずつ進

んでいく。動いていくという事は、自分自身これからもっと揺れ動いていくという事だ。自分自身それに耐えていかなければならない。それは準備していく事、そして、心の中のギターの弦を弾き鳴らしていく事。家族の事は過去の事、過去は変わらないが、未来は変わっていく。それに気づいた現在の僕。

「自分本位では生きていけないよ」

「そうだな、僕らは常に他人本位だ」

「なるほど」

　マーケットは他人本位に動く。まるで地球と宇宙が対話しているようだ。そう言えば、今日のニュースでNASAが、火星で酸素を人工的に作る事に、成功したらしい。後、天気予報と、日本では、緊急事態宣言が度々出される中、我々が地球上で生きていく事の困難さを、物語っている。

問題は何か？　問題は我々に、あるのではない
か？　いくら原理的に存在する事に、批判を向け
ても仕方がない。原理的に存在する事に、我々が
秩序を与えれば、可能性は無限に広がる。「生か
死か？」そういう議論は、もうやめにしないか？

「そうだろう？」

「……」

「僕達も、君達を見てると、生まれたくないって、
思うんだ」

「世界には、生まれたい魂と、生まれたくない魂
が、あるって事だろう？」

「何だ、わかってるじゃないか？」

「人間が過剰に自分を信じる事は、生きる事の障
害になる」

「生まれるって事は、今を信じて生まれたって事
だ」

「でも、生まれた時は世界を何も知らないで、生
まれてくる」

「そうだな」

「僕達にとって、無知であるという事は、聖域
だ」

「全ては生きている」

　全ては生きる為の学習だ。仏教における涅槃の
境地とは、「生きる為の努力をする事、つまりは
死ぬ為の努力をするな」という事だ。その為の秩
序が欲しいが、我々の「ギャップ」の激しさ、人
との距離感、そしていずれかは統合される、世界
の理解が必要とされる。宇宙という、圧倒的多数

を、コントロールする相対的な対称性は、この
「ギャップ」の中でも生きている。

　今は夜だ。宇宙の構造を

　Md π r／（a,x,y）＝ π r$^{\wedge d}$

とすると、あらかじめ、我々の予定されている
未来は、

　ax$^{\wedge 2}$=y$^{\wedge 2}$

　乗数的拡大が無限に続く。こうして我々TVを
見て和んでいる間にも、機械オペレーターの様に
世界は動いている。録画された番組や動画を見て、
現在認識をしているのだ。

「あ、消灯だ」

　TVの前にかじりついていて、残っていた他の

患者さんも、それぞれとベッドへと戻っていく。
これから、夜の深い眠りに落ちていくのだ。

「また、君との会話が始まりそうだな」

「我々は眠らない」

「いい加減、飽きてきたな」

「過去にか？　未来にか？　それとも現在にか？」

「わからないや、とりあえず、飽きたから眠るよ」

「わかった、また夢で会おう」

　そして、看護師から手渡された睡眠導入剤を飲んで、ベッドに潜り眠りに就いた。

「シェア」の概念は、日常的に忘れられて久しい。現実、経済の世界では、道路もシェア、住居もシェア、商品もコラボ、社会もシェアの世の中で、生活そのものがシェアされていない事は、人が営みを送る事に障害となる。今、社会が仕事を優先する中、それが難しいのも現実だ。しかし、隔絶された環境に我々は置かれると、混乱に陥る。中毒性故にだが、病理そのものもそうだ。

「病んでるわ〜、なんて表現は、こういう時に言える事だな〜」

「そんな事ないぞ、我々は、君達の中でも生きている」

「だからか？」

　今、夢の中で、白い車に乗った集団が、僕の周りに集まり、僕の持っているものを、身包み剥いで行った。

「おい、おい」と言って、

　僕は集団を追いかけて、

「携帯電話だけは、返してくれ」と声をかけたら、

　集団の一人が笑いながら、返してくれた。

「そう言えば、思い出した」

　昔見た夢は、何故かＫ駅に電車から降りて、
目の前に真っ赤な大きな火山があって、

「何だ、火山か…」

　と言って引き返す夢を思い出した。

　夢は何かを暗示している。運命と転機を暗示し
ているようにも思う。

「君は何を言いたいんだ？」

「……」

　もはや、我々は宇宙と肉体を共有していて、共に秩序を保つ努力をしているんだ。ありとあらゆるものをシェアして、生きているのだ。

「既に、グローバル社会は破綻したな」

　そして、目が覚めた。夜という闇を抜けて、今は既に、量子の対称的世界の開けた朝を迎えた。これから世界は統合を目指して、一体化していく。民主主義であろうが、共産主義であろうが、同じ未来を目指しているのは、変わらない。

　ソーシャルワーカーが来た。

「Gucchi さん、訪問看護サービスの件で来まし

た、担当医師がお母さんに連絡して、了解取れました」

「ありがとうございます」

「それで、今度N社の担当の方に会ってもらって、話を進めていきましょう、それからアパートの物件を一緒に見に行って、住居を決めてから次の話を進めていきましょう」

「そうですか、生活用品とかどうしましょう？」

「そうですね、病院の方で出来る事があれば、援助していきますので、心配は要らないですよ」

「そうですか」

「ですので、焦らないでゆっくりと、タイミング良く進めていきましょう」

「わかりました」

　福祉の世界は、ケースワークが行き届いていて、医療、福祉が連携して、あらゆる症例、事例を検討されて、柔軟に、かつ、整然と独立した組織として、機能している。マーケットが揺らいでも、それに毒されない、厳格で柔軟な法律の擁護によって、成立している。日本は巨額の財政赤字を抱えているが、社会保障は充実している。ある意味、富とか平和とか求めるなら、安全保障が充実していなければ、成立しないのである。以前、僕も介護福祉士として働いていたから、こういう世界はわかるのである。しかし、僕の求めている事は、マーケットにある。マーケットは所謂、変化の世界。変化についていけなければ、振り落とされるのである。それを理解するには、主体と客観があれば充分だと思っていたが、いつしか実存性に悩むようになった。

「だから、この様だ」

　笑うしかない。きっと医療、福祉といった仕事に関わっている人達は、

「そんな事ないですよ」

「ゆっくり休んで下さい」

　と言うだろう。しかし、経済主体の実存性は、別の所にある。

「社会的な利益を生み出す事」

　社会的な利益を生み出すには、対価を払わなければならない。最近ではMMT理論なるものが、蔓延っているが、いずれは財政赤字に対して代償を支払わなければならない。問題の焦点は世界経済の量的拡大である。生産する事に物理的にコストがかかるとすれば、経済はマイナスからのスタートになる。それから収益を上げるには、マー

ケティングが必要になり、さらにコストがかかる
という話だ。

「結局好きな事をして、生きていくしかないな」

「……」

「あれ？　おい、君？　こういう時は沈黙かい？」

　好きな事をして、新たな生活の糧を作るしかな
い。失ったものは返ってこない。失わないように
生きるには。どうすれば良いか？「愛か秩序
か？」僕は秩序を重んじるが、愛を愛する人間も
いるだろう？　自分本位ではなく、他人本位で生
きていけたら、それはそれで幸せなのだ。

「ようやく、未来を作る自覚が出来たよ、こうい
う決断っていうのは、力と共にやって来るもの
じゃなくて、時間と共に解決するものだな」

「わかってくれたか？」

「ちょっと時間かかったけどね」

　確実に実感として、過去の反動、未来の反動を感じていて、反動という力がいかに大きなものかという、大きな不安も抱えている。しかし、生きる事に於いては、我々は平等なのだから、何も物おじする必要はないんだ。

「そう言えば、子供の頃、学校の夏休みの課題の為に、山に1泊2日で旅行行ったな、家庭の事は、全然駄目だったけど、仕事は真面目な親だった」

「誰だってそんなものだよ」

「沖縄空手剛柔流二段の父だった、DVとかハラスメントが酷かった」

「時代のせいだよ」

「そうだよね、みんな過去性を背負ってる、でも、人の痛みを見ると、ものすごく苦しくなる」

「そうだよね、僕達も君達を見てると、苦しくなる」

「未来と過去は別物にしたいよな、それが僕の現在認識だ」

　ふと気を抜くと、過去が甦って溢れてくる。過去の自分と未来の自分と、どちらが大事なんだと、現在の自分が問いかける。ありふれた自分が正しいのか？　それとも劇的な自分が正しいのか？　そのどちらでもない。一種社会性にも中毒性があって、病んでる自分と元気な自分がいて、浮遊しているのである。

「僕は大人になったのか？」

‖‖‖‖‖‖‖‖‖‖‖‖‖‖‖‖‖‖‖‖‖‖‖‖‖‖‖‖‖‖

ふりがな お名前		明治　大正 昭和　平成	年生　歳
ふりがな ご住所	□□□−□□□□		性別 男・女
お電話 番　号	（書籍ご注文の際に必要です）	ご職業	
E-mail			

ご購読雑誌（複数可）	ご購読新聞
	新聞

最近読んでおもしろかった本や今後、とりあげてほしいテーマをお教えください。

ご自分の研究成果や経験、お考え等を出版してみたいというお気持ちはありますか。

ある　　　ない　　　内容・テーマ（　　　　　　　　　　　　　　　　　　　）

現在完成した作品をお持ちですか。

ある　　　ない　　　ジャンル・原稿量（　　　　　　　　　　　　　　　　　）

書 名							
お買上 書 店	都道 府県	市区 郡	書店名				書店
			ご購入日	年	月	日	

本書をどこでお知りになりましたか?
　1.書店店頭　2.知人にすすめられて　3.インターネット(サイト名　　　　　　　)
　4.DMハガキ　5.広告、記事を見て(新聞、雑誌名　　　　　　　　　　　　　)

上の質問に関連して、ご購入の決め手となったのは?
　1.タイトル　2.著者　3.内容　4.カバーデザイン　5.帯
　その他ご自由にお書きください。

本書についてのご意見、ご感想をお聞かせください。
①内容について

- -
②カバー、タイトル、帯について

弊社Webサイトからもご意見、ご感想をお寄せいただけます。

ご協力ありがとうございました。
※お寄せいただいたご意見、ご感想は新聞広告等で匿名にて使わせていただくことがあります。
※お客様の個人情報は、小社からの連絡のみに使用します。社外に提供することは一切ありません。

■**書籍のご注文は、お近くの書店または、ブックサービス(☎0120-29-9625)、**
セブンネットショッピング(http://7net.omni7.jp/)にお申し込み下さい。

「いや、違う、大人とは子供が大きくなった事だ、大きな子供という事だ、我々とも何ら変わりない」

「善か悪なのか？」

「いや、そういう事ではない、生きていく為に秩序は必要だろう？　我々と一体のものだ」

「なるほど、支配する、支配されるという関係ではないんだな」

　人類が成長するには時間がかかる。それは、成長過程を見ても明らかだ。この精神科の病院は、心の問題だけでなく、薬物依存とかアルコール中毒も、対象としている。中毒性と依存の関係も、社会の中での孤独とか、自立との関係を示しているのだろう。一口に医療、健康と言っても、同じ視点で考えられる。家政学にしても、英語では

94

「ホームエコノミー」として、経済の一部門と考えられる。経済そのものの構造が、そうなっているのである。

「昔金融ビッグバンとか言ってたのは、そういう裏があったんだな」

「……」

「世界経済が量的拡大する過程で、人の依存度が高まったから、色々混乱が起きた」

「……」

「今はもう金融工学の世界にも、物理学が用いられて、経済学と物理学は一体だ」

「……」

「全部君の仕業だろう？」

「……」

「都会にビルが乱立する訳だ」

　日本は、どこもかしこも、都会は摩天楼だ。しかし、摩天楼に囲まれながら、摩天楼の意味を知らなかったから調べてみると、英語で「skyscraper」で、「空をも擦るくらい、高い建物」という意味だった。人の意識が広がって、都会の建築物も高くなるが、僕はどうも高い所が嫌いだ。それと共存する人達や動物達も、意識が高くなって高度な共存の仕方をする。それに違和感を持たないのは、秩序故のおかげだろう。しかし、まだ自然と調和していなくて、災害に見舞われたりするのは、もっと高い秩序を求めているからだろう。

「母親どうしてるかな〜？」

　母親は今、妹夫婦と姪っ子と一緒に暮らしていて、お互い一切連絡を取っていない。担当医師曰く、母親は僕の事が怖いのだと言う。病院を通じて連絡を取ってはいるが、お互いの営みが別々なのは悲しい。僕と父との争いの中で、家族間が別々になってしまった。僕は「愛」は一度壊れたら、修正の利かないものだと思う。「愛」故の不完全さだと思うから、気をつけていたが、その通りになってしまった。思えば、僕がヘッジファンドを作りたいというのも、遠くブラックマンデーの最中、証券会社の本店に勤めていた時にぼんやりと思った事だ。それから流転して多くの問題にぶつかり、その度に立ち上がり、また挫けてしまった。自分自身の過去と向き合うのは、辟易している。しかし、捨てられないのも過去だ。

　看護師に異動があったみたいだ。

「あれ？」

「Michiじゃん」

「や～、どしたん？　今度は何で病院入ってきたん？」

「詐欺られた、先生が何かあったら、入院しなさいって言ってたから、入院してきた」

「あらま～、そりゃ大変じゃが」

「ちょっと太ったな」

「そりゃ言っちゃおえんが」

「ハハ、俺も介護の仕事してたの、知ってたっけ？」

「知らんが」

「年寄りに、家の近所の山に天狗がいて、団扇で

扇いでた話すると、馬鹿ウケする」

「ハハ、あり得る話じゃな」

「そうそう、久しぶり、またね」

　Michiは若い頃初めて入院した時から知っている。随分と病院も変わって、職員もほとんど変わってしまったが、普段病棟内にいるので、ほとんど会うことはない。

　ソーシャルワーカーと、見知らぬビジネスマンがやって来た。

「Gucchiさん、前言ってたN社の方です」

「初めまして、N社のBucchiと申します」

　と言って、名刺を渡された。

「お母さんとは連絡取れました、全面的に援助し
てくれるそうですから、心配要らないですよ」

「早速ですが、当社の説明と、物件の紹介をさせ
て頂きます」

「当社は訪問看護サービスと、それから高齢だっ
たり、色々問題を抱えている方々の為に、一時的
に当社が住居を借り上げて、利用者の方々に住ん
で頂くサービスを、行っています。最低限、1年
間は訪問看護サービスは受けて頂く事と、家賃の
滞納をしない事です」

「了解いただけましたでしょうか？　どこかわか
らないところとか、ありませんでしょうか？」

「ありません、よろしくお願いします」

「では、物件の紹介を致しますが、条件として、
病院の近くがいいと伺いましたが、選んでみて2

候補ほど、探してきたのですが、いかがでしょう
か？」

　と言って、物件の間取り図を見せた。

「う〜ん」

「間取りが違いますね、どちらかと言えば、1階
がいいんですが、見てみないとわからないです
ね」

「他にもいくつか物件があるので、いい物件あっ
たら探してみます」

　ソーシャルワーカーが、言葉を挟んだ。

「じゃ、今度N社さんに同行して、物件を見に
行きますかね？　Gucchiさん、もう、外出OKで
したよね？」

「はい、よろしくお願いします」

「じゃ、それが決まったら、契約という事で」

「わかりました」

「じゃ、今日はこんなところでいいですね、頑張りましょう」

　病院という所は、完全なまでに外部環境と内部環境を分けている。外部との行き来はあるが、医療という体制と共に、非常用電源も確保されている。最近になって、そういう独立した医療と福祉と言う、橋渡しをする民間企業も増えてきた。シェアハウスとか、ケアハウスとか、グループホームとか、老人保健施設、特別養護老人ホームなど、老人福祉などに見られる生活形態は、一般の人達も見習うべきところもある。共同生活、共同体と言う、マルクス的な考え方も、日本社会には息づいているんだなと実感する。しかし、現実

問題何を財源にするか、という問題はある。

「自由主義か？　共産主義か？」

「ヘッジファンドも、金融の補完システムに過ぎない」

「しかし、作る楽しみが、原動力じゃないか？」

「そう、秩序には、こだわりはない」

「我々は、そういう環境を作る為に、生まれてきたんだ」

　生物多様性は原理的だ。多様性を維持するには、環境の多様性を維持する事も大事だ。生物は、食料を食べ尽くす事はしない。むしろ、生産活動を営んでいて、育む事を営みとしている。森がなければ生物は育たず、生物がいなければ森は育たない。生物は本来、自分を浄化する事を知っている。

お互い寄生し合って、生態系を作って、生産活動
をしているのである。この事は、性を見てもわか
るように、人間もお互い寄生し合って、生きてい
る事を示している。マーケットも同じだ。色々な
人間が寄生して、マーケットという秩序の中で、
お互いを補完し合っている。

「新しい秩序が見えてきた」

「……」

「何故答えないか知ってるよ」

「お互いを補完する事だろう？」

「わかってるさ」

　愛するのは簡単だが、信じるのは難しいという
意味は、信じるだけの秩序がないからだ。もし意
識が秩序だとしたら、我々は自分達を浄化する方

法を、知らなければならない。これこそ原理的な思考だ。そして肉体には、あらゆる菌類が寄生し、「孤独」とは、自分一人のものでない事を知るべきだ。そして、遺伝子的な肉体の構造を知るべきだ。

「待っているよ、僕達はわかり合える」

「今、時間で言うと、どれくらいなんだ？」

「さあ、わからないね」

「ハハ」

　もう既に、時計の針は24時を回って、地球時間はとっくに過ぎている。過去の自分は、とっくに壊れていて、宇宙時間になっている。という事は、今の自分は、宇宙の質量に耐えているという事だ。

　Miaからメールが来た。

「どうしてるの？」

「ちょっと、資金洗浄にあって、仕事出来なくなったから、当分計画は先延ばしだ」

「そうなの？　残念」

「ま、お金って支払われるものだから、このくらいで凹まないけど」

「わかった」

「またね」

　今日は寝付きが悪い。そういう日もある。そのために医師がいる。今の僕を癒せるのは、この病院だけだろう。ナースステーションに行って薬を貰った。

「睡眠導入剤下さい」

「Gucchiさん、1日2錠までだから、さっき1錠飲んだから、これが今日最後ですよ」

「はい、了解です」

　薬の分量も決まっていて、看護師はナーバスで生理的だ。看護師によっては、薬袋から出して、パッケージのまま手渡す人も居れば、パッケージから出して手渡す人もいる。こういう所作はフィジカルなものに対してだろう。

　こんな夜中にも、世界中のマーケットは動いている。しかし、もしこの世界が憎しみで出来ていたらとふと思う。そうすると、歴史の根拠も何もかも、変わってしまう。人間とは怖いなと思う。表裏一体で裏腹だと思う。今はいい。未来が恐ろしいと思う。男の社会的暴力と女の依存症など見

ると、どちらでもいい事だ。巻き込まれないようにしようなどと、くだらない妄想を胸にしまう。結果のみ信用しよう。そうすれば等しくなる。

「わかっているんだ、みんな、その裏腹な結果が信用出来ないだけなんだ」

「みんな、精一杯頑張っているよ」

「僕もね」

　と深い眠りに落ちていく。

『さあ、朝だ。「存在」だ。僕は存在でしか語れない生き物なんだ。存在が無くなったら、何も語れない。仏教の悟りを得たぞ。しかし、仏教にも盲点はあって、悟りを得る為には、僧になるしかないって事だ。「是故空中」。人間はこうやって、自分自身を浄化していく。「愛」だって？　君は何かを「愛」してるのかい？　Love You Or

Loving You ？　もちろんさ。素晴らしい世界が、待っている。何もかもがさ。仕事の事も、愛の事も、楽しい動物達の事も、インターネットと携帯電話さえあれば、知る事が出来る。神は万能だって？　いや、もう神は降りてきているよ。気がつかなかったかい？』。

　さてと、起きるか？

　今日も怠惰な１日が始まる。

　病院暮らしは、まるで動物園の檻の様だ。人間の前で見せ物の様に、芸をさせられている動物達みたいに。すごい知性を持った、我々の先祖たる動物達に、虐待したり食用にしたり、そんな酷い事は出来ない。そもそもそうしている事自体が、人間の資金洗浄じゃないか？　いい加減やめたまえ。わかっているじゃないか？　人間としての結果を。ベジタリアン、ビーガン、いいじゃないか？　それこそ、万能の神の恵み。もっとより良

い生活を、送ろうじゃないか。

　などと考えているところに、ソーシャルワー
カーがやって来た。

「明日、外出許可出しといて下さい」

「何時から何時ですか？」

「13時から16時までです。物件見に行くのと、
上手く決まったら、契約も済ませましょう」

「了解です」

「それじゃ、また明日」

　と言って去っていく横を、看護師が目線を合わ
さず、素通りして行こうとするので、声をかけた。

「あ、すいません」

「はい」

　と言って目線を合わせる。

「明日、13時から16時の間、ワーカーの Ducchi さんの指示で、外出許可貰いたいんですが」

　目を合わせないのは、見てないふりをして、観察するからだ。それはそれなりに、患者との信頼関係を大切にしている。

「それでは、外出届の用紙に記入して、提出して下さい、記録しておきます」

　こういうのをリモートコントロールって言うんだろうなと思いながら、

「了解です」

　と頷いた。人間関係は常にオンラインで、距離
感が大事だ。オーバーワークって言うのは、負担
であり、そのために切磋琢磨している。チームで
仕事をするというのは、そういう事だ。コミュニ
ケーションには、バーバルとアンバーバルなもの
がある。非言語的なコミュニケーションも大事な
のである。非言語的世界に、量的世界が広がる。
それを言語化して、進化するのも仕事である。そ
こに溢れてくる事実で、現実は動く。

　ナースステーションの窓口を、コツコツと叩い
て、別の看護師に声をかける。

「外出届提出ですが」

「えっと、Gucchiさんは、外出OKですよね」

　PCを眺めながら、看護師は確認する。

「そうです、担当医師からも許可が出てます」

「じゃ、外出届、記入お願いします」

「えっと、名前と外出時間と、食事は抜かなくて
いいですね、あと、緊急連絡先ですね」

「お願いします」

「タバコの持ち出し、いいですかね？」

「ハハ、いいですよ」

　記入が終わると、

「じゃあお願いします」

　と言って手続きを済ませる。現在を一つ一つこ
なして、自室に戻る。そしてまた、音楽を聴きな
がら、インターネットで検索して調べものをする。
今僕が理解している事は、表象として理解されよ

うとしている。感情とは全然別のところに。しかし、感情によって表象は現される。この雁字搦めの自分とは別に、次の生活へと進もうとしている。ふと、自分が他人から、どう見えているのか、不思議に思った。他人の気持ちはわからないし、鏡に映っている僕を見ても、感情としての自分ではなく、対象としての自分である。そしてそこに、他人の介在している余地はない。

「自分を想像してごらん」

「自分の中で卑屈な自分がいて、他人を見てさらに卑屈になることがある。それが善悪の境目だと思うけど、拘らなければそれはそれで、当たり前の様な気がする」

「それが君の本能だよ」

　きっと、他人も自分の姿を見ることが、出来ないから葛藤するんだ。僕も同じさ。葛藤しない人

は、自分で自分の事が、よくわかっているんだ。
僕は他人の事はよくわかるが、自分の事は全くわ
からない。きっと、共存出来ているから、いいの
だろう。真実は空にある。

「そう、我々は宇宙という空の中で、秩序立って
生きていくしかない、愛もその一つだ」

　歴史が幾多の光芒を、繰り返してきたのも、宇
宙という秩序の為だ。それは、儚い様に見えて、
一本の太い木だ。

「それはそれで、言われれば納得する。でも、僕
達の感情って、君達にどう映っているんだ？」

「……」

「無秩序でも何も生まれないから、秩序で生み出
すしかないのだろう？」

「我々は法則でしか、考えられない」

「わかる、だから未来が見える」

　不確実性とは法則の事だ。人間もある種の法則に、基づいている。従って秩序とは、僕達の為にある。

「そうか、僕には今まで、ベースになるものが、なかったんだ」

　音楽にも、ベースになる音があって、それによってメロディーが変わる。今僕が探しているのは、僕達のベースになる音だ。

「地球をベースに置くか？」

　それくらいしか知らない自分。我々の先祖も大地に立ち、根を下ろし、海を渡り開拓してきた地球を。

「過去形は可笑しいな」

　と、一斉に病棟の電気が落ちる。消灯だ。今日
も1日終わり、これから眠りにつく頃。今夜は眠
れるだろうか？　窓から見える、街の明かりと対
照的な暗闇に、街の明かりでは見えない、星明か
りに、限りなく続く現在に思いを馳せ、眠りに就
く。

　日中は、日常が賑やかな様相を呈すのは、忙し
い。朝起きて、一番に朝食を済ませて、歯を磨く。
そして、将棋を指したり、中庭に出てアクティビ
ティをこなしたり、ヨガでヒーリングしたり、週
に3回の入浴をしたりと、淡々と、病棟という限
られた空間で、時間を潰す。昼食を済ませて、缶
コーヒーを飲んで、時間を計る。世界は、計算し
尽くされた物質主義で、出来ている。13時を
ちょっと回った頃、ソーシャルワーカーのDucchi
さんと、N社のBucchiさんが来た。

「遅くなってすいません」

「いえ、いえ、とんでもないです」

「じゃ、行きましょうか？」

　看護師が荷物チェックと、セキュリティロック
を解除してドアを開けて、エレベーターに乗った。

「今日決まればいいですね」

「今日は先日紹介した物件と、もう一ついいかな
と思った物件の3件、見て回ります」

「そうですか、病院の近くがいいですね」

「そう言われてましたもんね」

　と言って、用意していた車に乗り込む。Ducchi

さんもBucchiさんも、ネガティブな事は一言も、口にしない。それだけ気を使っているのだろう。僕は、それほど強くない。ネガティブな事なら、いくらでも言える。だが、今までの経験上、割り切るしかないことを知っている。だから何も口にしない。現在の次を考えるしかないんだ。

「1件目の物件です」

「間取りはこんなものですか？」

「多少の違いはありますけど、ここは6畳で、次に行く所は10畳です」

「トイレとバスは別々なんですね」

「一緒の方がいいですか？」

「そうですね」

　一通り部屋を見た後、次の物件を見に行くために、再び車に乗り込む。

「自転車がマウンテンバイクだから、自転車を部屋に置きたくて、出来るなら1階がいいですね」

「マウンテンバイクですか？　いいですね、僕は間違って、クロスバイク買っちゃいました」

「え〜、そうなんですか？　次の物件も2階ですね、でも今日最後に回る物件が1階です」

「そうですか」

　車を降りて、次の物件を見に行く。

「今度はエレベーターで上がります」

　エレベーターで上がった後、ドアを開けて部屋の中に入る。

「微妙ですね、部屋はさっきより広くて、クローゼットも付いているけど」

「トイレとバスは一緒ですね」

「う～ん、ちょっと後でタバコ吸わせて、もらえますか?」

「いいですよ」

　と言って三人で、再びエレベーターで下りて、ポケットからタバコを取り出し、三人でタバコを吸う。

「Ducchi さんも Bucchi さんも、タバコを吸われるんですね」

「吸いますよ」

　と笑いながら答える。最近ではタバコを、手に
する人が珍しいくらい、タバコを吸う事が肩身の
狭い事なので、三人一緒にタバコを手にしたのが、
可笑しかった。

「君達を見てると面白いよ、従順なまでに秩序を
重んじる、不思議な生き物だ」

「だから生きられるんだろう？」

　心という感覚質は、非常に不規則な様で、規則
的だ。いつもざわめく波の様に、訪れては去って
行くものがある。全身を持って物事を解決しよう
としている訳でなく、部分部分で連携して判断し
ている。総合としての心は、知性的でもなく、理
性的でもなく、現在認識としてのものだ。TVを
見てもわかる様に、何となくわかるものだ。動け
ば動く程過去形が増えていく。そして、意識が芽
生えてくる。目に見えている限りは、永遠と続く。

　タバコを吸い終わった後、吸い殻を吸い殻入れに入れて、

「さてと、次行きますか？」

　と、車に乗り込む。

「次はいいかもしれません、病院のすぐ近くですし、部屋も 10 畳ありますし、1 階にあります」

「楽しみですね」

「あらかじめ伺った条件で、新しく探した物件です」

「ここですね」

　と言って、建物近くのスペースに車を止める。

「ここか〜？　病院のすぐ近くだな〜」

「歩いてすぐですね」

　部屋のドアを開けて、三人で靴を脱いで、部屋
に上がる。

「ここは、早くしないと埋まっちゃう可能性があ
りますが、立地条件はすごくいいので、お勧めで
す」

「エアコン古いけど直してもらえます？」

「多分大丈夫だと思います、大家さんに掛け合っ
てみます」

「バス、トイレ、一緒だし、1階だから便利です
ね」

「ここに決めます」

　迷わず決めた。ここなら、病院を中心にコミュニティを形成出来そうだ。

「ここでいいですか？　じゃあ、早速押さえておきます」

「病院で引っ越し手伝いますよ」

「南向きだし、窓から空も見えますね」

「じゃ、病院帰って契約しちゃいましょう」

「いやー良かったです、今日決まって」

　そう話し合って部屋を立ち去り、病院へと車で戻る。

「印鑑とか通帳全部ありますよね？」

「あります」

　病院に戻って、面会室に入る。

「じゃ、契約に入ります」

「じゃ、契約書と重要説明事項と、口座引き落としの書類です、重要説明事項は、この前も説明しましたが、印鑑とか押して頂いたり、署名頂かないといけない所があるので、まずは説明から入らせて頂きます」

　そして、Ｎ社で控えるものと、僕で控えるものに、書類を並べて目を通しながら、順々に説明していった。一通り説明を終えると、

「理解頂けましたでしょうか？」

「はい」

「わからない事があったら、何でも聞いといた方

がいいよ」

「大丈夫です」

「では、書類に記入とそれを終わったら、印鑑を
押して頂きます」

　書類に姓名と住所と日付を記入していく。こう
言う、社会の意思決定は、不思議に思う。一方に
詐欺グループもいれば、社会機能を補完する団体
もある。そういう社会の変化には、異様な恐ろし
さを感じるのである。しかし、人間や社会には、
ストーリーやシナリオがあるのである。

「いっぱいありますね」

「そうなんですよ、お手数おかけします」

　一瞬ある事が過った。

「これが詐欺だったら？」

　詐欺被害に遭った時も、そうだった。僕自身、仕事に追い込まれて、金融機関から借入をしようとして、結果として、ノンバンクを装った詐欺グループに引っかかって、手元資金を奪われてしまった。詐欺グループは、全く人柄としては、今起きている日常的な人々と、変わらない人達だった。書類に記入しながら、不安に駆られながら、他愛もない事を考える。

「現在だ、現在認識さえしっかりしてれば、全ては浄化される、いつも市場では、とんでもない事が、起きている、こういう事は、当たり前に起きるんだ」

　書類に記入を終えて、ペンを止めて頭を上げる。

「これでいいですかね？」

「大丈夫です」

「では、印鑑をお願いします」

　と、決められた予定に納得するように、次々と印鑑を押していく。ある意味では、未来とはこういう不安を抱えたものだが、既存の社会組織がしっかりしていれば、安心も出来るものである。

「きっと何度でも失敗しても、立ち上がっていく僕にも、シナリオがあるのだろう」

　と思いつつ、病院という特殊な環境で、揺るがない組織に依存している自分も、認識しているのである。

「こういう揺るがない社会や、世界を作るのも、意義を持てるな」

　希望は揺らぐが、絶望は揺るがない。稀な望み

だから希望なのだろう。もし、チャンスがあるな
ら僕自身、ヘッジファンドを作るのも、可能だと
感じてきた。

「これで最後です」

　と言って、Bucchiさんは書類を差し出す。全
ての時間が集約されて、契約を済ませる。

　Ducchiさんが口を開く。

「今後の事は時間かけて、解決しましょう、
Bucchiさん、また、部屋押さえられたら、連絡
下さい」

「わかりました。また会社のものと挨拶に来ま
す」

「了解です」

「では、よろしくお願いします」

　と言って、Bucchiさんは書類をまとめ、三人は椅子を立って面会室を出た。

「ではよろしくお願いします」

　とBucchiさんは、セキュリティロックを解除して、エレベーターへと去っていった。

　Ducchiさんが口を開く。

「今後の事は、時系列を見て進めていきましょう」

「了解です」

「じゃ、今日はこれで、頑張りましょう」

「ありがとうございます」

　と、Ducchiさんとは別れた。

　コロナウイルス対策といい、世界は粛々と進んで行く。その中で自分の出来る事は限られているが、これが精一杯なのだろうと、自分を納得させる。時代は世界の拡大と共に、膨大な量の情報を抱えていく。僕一人ではどうにもならない事を知りながら。

「さてと、もうすぐ夕飯だな」

　と考えていると、

「Gucchiさん、何してたんですか？」

　と、となりのベッドの人が聞いてきて、イラッと来て、

「個人情報ですよ、下手な詮索しないで下さい。

自分本位では生きられないですよ、そういうところが病的なんですよ」

　と言ってしまった。案の定、相手は落ち込んでしまって、項垂れてしまった。

「他人本位ですよ、奥さんだっているんでしょう？　色々気を使う事はいっぱいあるでしょう？」

　とフォロー入れると、

「いいんです」

　と気を取り直した様子だから、ホッとした。

「将棋でもしましょうか？」

　と言って、二人で将棋を指した。僕はこの人の事情は知らない。だが、塾で先生をやっていて、

奥さんがいて、子供がいない事だけは、知っている。そして、何かに悩みを持っている事も。いつも、高校数学の問題を解いている。本人はまだ、その自覚がないのは、仕草でわかる。そう、僕も経験してきたからだ。

「将棋の指手を見れば、大体メンタルわかるんですよ」

「そうですか？」

「病院入って、メンタル大分弱ってますね」

「……」

「僕は、将棋のオンライン対戦アプリで、色々な人と将棋を指してるんで、わかるんですよ、今は人間だけでなく、コンピューターとも対戦出来ます」

「そうなんですか？」

「手筋見れば、持久戦か、急戦かわかりますし、あらゆる手筋研究されてて、すごい面白いですよ」。

「僕はやったことないです」

「結局のところ盤上で、1手間違えれば負けです。どこで間違えてるかは、難しいですけどね。今はそういうのが、簡単に手に入る時代です」

「僕には無理です」

「そうですか」

「こういう3筋の攻めは、受けを知らないと、あっと言う間に負けます」

　僕の勝利で終わった。しかし、人生に勝ち負け

はない。将棋盤というものの上での、単なる遊び
だ。この人が何を背負っているのかに、思いを馳
せる。

　そもそも、勝った、負けた、で理解する類いの
人間の周りにいる人間は、とても我慢し切れるも
のではない。根本にあるのは理解で、理解出来な
い人間は、振り落とされるのである。そう思って
いる内に、皆が皆自分は勝ったと勘違いして、疲
弊していくのである。

「そう言えば思い出した、父親と将棋を指した時、
父親が初めて僕に負けた時、ムキになって、更に
勝負を挑んできたのを」

「疲れるな」

「今は話をしてる暇はない、また夢で会おう」

「夕飯だな」

　物理学にある仕事の原理とは、

「機械に仕事をさせると、人間は同じだけ、仕事
したことになる」

　とある。つまり、仕事には、自動的仕事と他動
的仕事があり、経済の原理で言えば、お互いに影
響し合い、乗数的に変化する。今回のコロナウイ
ルスも、人類に対する乗数的変化である。
　見ればわかる様に、動的に動けば動く程膨張し
て、そしてギターの弦の様に切れる。原理的には
暴落はコントロール出来る。人間の動き方次第な
のである。物質的には、その限界性にある。故に、
適宜に物質を正しく消費すれば、コントロール出
来る可能性がある。それもまた秩序なのである。

「夜でも君達は眠らないんだな」

「だから我々も疲れるよ」

「全くいつまでこんな事を、続けていけばいいん
だ？」

「もう138億光年こうしているよ」

「お互い本当の意味で、お互いに気づくのは、い
つだろう？」

「わからないよ」

「僕達は何故生きてるか？　わかるのに、何故わ
からない人が多いんだろう？」

「我々もわからないさ、だから君達任せさ」

「そう言う他人本位もあるんだな」

「宇宙」、「存在」という構図は変わらない。その
構図が崩れた時に、世界は終わるだろう。「存

在」故の、「宇宙」の優位性は、今後も続くだろう。しかし、僕達が自由自在に、進化する事が出来たなら、全てが平等になるのだが、何故、生命という厄介な生き物が、生まれたか不思議に思うのである。「愛」という不完全さは、きっと未来も「秩序」というものを、必要としているのだろうという事は理解出来る。薬という、いわば物質に、精神も肉体もコントロールされてしまう、我々にとって、秩序とは必要不可欠なものだ。それは宇宙も同じ。我々にとって、永遠の営みが秩序なのである。それは「愛」という不完全さ故の、秩序かもしれない。そして秩序とはアンバーバルな世界である。

　ベーシックインカムはまだ、未来の構想である。今の日本の財政状況を、見ればわかる通り、まず不可能である。しかし、いつか未来に経済発展して、経済に余剰資金が生まれれば、可能となるであろう。今、現在でも、多くのものが失われていることを考えれば、そういう経済目標が達成され

る事を望む。秩序とは何か？　我々がお互いに生きていくことも大事だが、宇宙に於いてもそうである。全てが均衡した時に達成される。これから未来に亘って、経済発展と共に、我々が生きている秩序が、保たれなければならない。そう、そうすると、お互い信じ合えることが、出来るだろう。この全てを飲み込む、宇宙という秩序も。

　さて朝がやって来た。平等にという訳ではない。この地球上での事だ。僕達は、この変化が好きだ。現在としての自分はどうか？　薄暗い瞼の下の視覚から、目を開いて明るい、外界の世界へと目を向ける。いつも知覚している朝だ。物質としては、変わり続けても、自分としては変わりない。目を開いて、ベッドから起きた。

　秩序としての僕は、顔を洗って、朝食を済ませて、歯を磨くことだろう。しかし、こんな規則正しい生活を送ったのは、何十年振りだ。法則と規則は違う。そういう認識違いで、生活パターンが

変わるのは、秩序故の事だろう。今日起こる事は、自分本位と他人本位では、全く違った世界になる。社会性のありがたみを享受している実感が湧く。それと、現在の僕と。

　古くから、神の恵みとしてきたのは、社会性の享受だろう。実際は、宇宙としての秩序で、営みそのものである。相対としての宇宙があり、我々は、社会性を営みとしている。

「まだまだ、する事はあるぞ」

　時として刃の様に、研ぎ澄まされる知性も、絶望故の所作だ。業ではない、営みを自分のものにするのも、絶望故のものだ。希望はやって来る。知識の様に、舞い降りてくるものだ。

「君には、本当に感服するよ、我々は君達を見て絶望している」

「なるほど、世界には絶望的愛っていうのも、存
在するんだろう？」

「……」

　朝食を済ませた。全く動物を餌にする人間って
言うのは、どうなのかな？　餌にされる動物はた
まったもんじゃない。

「これも絶望だろう？」

「……」

　沈黙が過ぎる。ザワついた世の中とは、別世界
だ。いや、コロナウイルスだから、沈黙なのかも
しれない。病棟内では3密を避け、粛々と時間が
過ぎていく。准看護師の人達が、病院の環境整備
とアルコール消毒を、行っていく。

「人間って救いだけ求めてれば、いいんですよね、

なんだかTV見るのも、飽きちゃって」

　と声をかけると、

「うん、うん」

　と頷いてくれた。

　TVニュースを見ると、日経平均は、3万を超えて、何十年振りかの最高値だ。アメリカ経済の回復と、アメリカ長期金利の上昇で、円安へと動いている事を、好感しての好調さだ。しかし、実体経済の格差は、激しい。何らかの転換線が必要だ。外食産業と航空業界は、頭打ちだ。もうポストコロナには、実際に動いているだろう。スペイン風邪の場合は、常態化に3年かかった。コロナウイルスの常態化には、どれくらいかかるだろう？　とりあえず、早急のマーケットの麻痺、暴落は無さそうだ。

　僕らは、相対としてのコミュニティを、求めている。一つの目的を持った集団だ。意思決定を一つに纏める程の集団だ。秩序とは法則と規則で出来ている。愛情が個性である。それが社会の単体として機能すれば、あらゆる団体を中心として、社会機能が充実する。多様性もこれによって形成される。お互い、寄生して住むのだ。生物としては、当たり前の営みである。

　看護師が声をかけてきた。

「面会です」

　Bucchi さんがやって来た。

「お世話になります、遅くなりました、部屋押さえておきました、で、大家さんから鍵預かりましたので、持ってきました」

「お世話になります、ありがとうございます。

じゃ、その事をDucchiさんにも、伝えておきますね。もうすぐ、入れる状況なんでしょうか?」

「入れます」

「わかりました。また、よろしくお願いします」

「じゃ、今日の所はこれで失礼します」

と、去っていった。

TVニュースが流れた。もう地球は宇宙航海時代に入ると言う。中世ヨーロッパの、大航海時代を彷彿させる様な、新しい時代がやって来る。もう人間は、それを笑い話にしてしまうような、すごい傲慢な生き物になるのか? 現在認識の僕としては、イノベーションが起きる度に、起きる地球の混乱を、コントロール出来なければ、我々は生き残っていけないと思う。それに対する対策、所謂「秩序」という空白の時間を、作っていかな

ければならないと思うのである。

「きっと皆秩序を求めているのだろう？」

　電波で送られてくる、映像や動画や文字ではわからない、現在に対する認識を、時として僕達は錯誤してしまう。時に絶望し、時に未来があるのだと錯誤し、時に傲慢なまでに、他者に振る舞う人間の不確実さは、変わらない過去と、変わりゆく未来の狭間で、揺れ動いている。きっと夢で見た火山だったり、地震が起きたりする事も、未来と関わっているのだろうと思うのである。

「恐ろしい力だ、きっとこれは、強さとか弱さとか言う次元のものでは、ないのだろうと思う」

　緊張感がふっと切れる。

「これだ、呼吸するように身体が緊張して、ふっと緊張感が切れるようなものだ。僕達は睡眠を取

らなければ、生きていけない、生理的なものだ」

　時として、この生理的なものに、「辛い」とか、「悲しい」とか、「嬉しい」とか、「楽しい」とか、感じてしまう、生理的なものって何だろうと思ってしまう自分に、不思議を感じてしまう自分に、更に不思議を感じてしまう。しかし、コントロール出来るものだ。

「疑心暗鬼とは、こういう事を言うのだろう」

　我々は、独立して存在している訳ではない。全ては流転し、繋がっている。だから、ブラックホールも、世界中の電波望遠鏡を集めて、解析して、可視化する事も出来る。「心」としてあるのは、目に見えるものでもなく、耳に聞こえるものでもなく、匂いのあるものでもなく、「過去」として存在するもの、そして「未来」を欲しがるものなのである。だから、「現在」としての僕は、生き物であり、宇宙であり、地球なのである。

「参ったな、僕って存在の重さに、驚きを隠し切れない」

　看護師は定期的に、風呂上がりに、

「体重を量って下さい」

　と言って、体重を量る。でも、それは、モノとしての対比で、僕自身を表している訳ではない。これは、ベジタリアンの僕だから、言える事かもしれないが。

「わかってきただろう？」

「なんとなくね、僕の本音もわかってるんだろう？」

「全部お見通しだ」

　時間は過ぎる、無常に。だが時間を、体重計の様な尺度と思えば、周りで起きる事もその構造もわかる。しばらくすれば、宇宙地図なるものも、出来るだろう。DucchiさんとBucchiさんは、夜には来ない。しかし、宿直の医師と、夜勤の看護師と、宿直の受付は、夜でも詰めている。言わば、時間は、生活を中心に動くのではなく、営みを中心に動くのである。この事は、宇宙に行っても変わらないだろう。僕達が、創造性を高めれば高めるほど、営みも宇宙も広がっていく。経済とは、そういうものだ。

　昼食も終わって、Ducchiさんがやって来た。

「あ、Ducchiさん、Bucchiさんから鍵貰いました」

「聞きました、引っ越ししましょう」

「あ、荷物、必要なものチェックしてます、でも

運べるかな？」

「一度、下見に行きましょう」

「はい」

「えっと、今週の金曜日いいですか？」

「はい」

「また、13時から16時でお願いします、担当の看護師のFucchiも同行しますので、よろしくお願いします」

「了解しました」

「外出届も出しといて下さいね」

「はい、わかりました」

「それじゃ、金曜日に」

　と言って去っていった。

　心の問題は、他人では解決付かない問題だが、ものすごく依存性の高い問題だ。僕はこの病院に依存している。病院という、限られた環境の中で、逸脱した心を修正していく。今の僕には、まだ時間の掛かる問題だが、病院を中心に生きれば、それはそれで、コミュニティとして、成り立つのだ。日常には、ズレとかブレとかあるのは当たり前だが、それが大きくなればなるほど「ギャップ」と依存度が高くなるのである。

「そもそも、世界がそう出来ている」

　担当看護師のFucchiさんが来た。

「Gucchiさん、外出届お願いします、書き方わかりますか?」

「大丈夫です」

「じゃ、金曜日お願いします」

「ありがとうございます」

　こう言うやり取りは、僕の情報をシェアしているからだ。普通は家族でシェアする問題だが、それとは別に、社会の変動が激しくて、社会性そのものが、崩壊し始めている。社会学的には、ある資源を活用して、コミュニティを形成する事こそ、目的としている。今まで歴史に依存してきた社会が、崩壊し始めている。今、そういう自覚が、必要なのではないだろうか？　もう既に、生活に関わる営みは多岐に亘り、紙で管理されていた個人情報も、インターネットで一括管理出来る環境が到来しつつある。

　今、過去と未来を繋ぐ、現在の扉を開いた。現

在という決断が、たとえ絶望であっても、扉を開かなければならない。現在は有る事が前提で、もし絶望しているとしたら、過去と未来に絶望しているのだ。現在の自分は、自分である限り絶望することはない。後は自分を信じるしかない。

　と、外出届を再び書いた。

　もう、僕がいない田舎の家は、廃墟だろう。今現在、営みの消えた空き家はよく見るが、生活様式も社会形態も変わった今では、あの大きな家は僕には必要ない。しかし、また僕が復活して、生活が再び始まるのなら、シェアハウスみたいにして、田舎を復活させたいとの思いもある。ある意味色々な思い出のある、あの家をどうするのか、僕にとって大きな問題なのである。

「下見に行くって言ってたけど、あの家の実情を見られるのは、恥ずかしいな」

　しかし、仕方がない。それが今の僕の実情なのだ。生活が崩壊してしまった僕には、自ずと受け入れる他にない。しかし、家を見られるという事は、僕の心の奥底を見られるようで、嫌なのだ。

　でもワーカーさんや、看護師さんは、決して心の動きを、見せないだろう事は、予測出来る。忠実なまでに、職務を全うして、気にもしない。仕事として割り切っているだけでなく、そこに充実感も見出している。コミュニティとしての自覚さえある。周囲にデイケアサービスを持ち、N社の様な医療サービスも出入りしている。僕が初めてこの病院に関わった時とは、随分と変わった。医療と福祉が一体となって、今では大きな組織に、なっている。僕はこの病院に救われたんだ、と感じている。介護の世界もそうだ。

　仕事を仕事と捉えるのは危険だ。物理的要素が大きいからだ。あくまでも、人間関係の中で生まれる問題として、仕事があると捉える方が、無難

であろう。物理的要素が拡大すれば、人間として
の耐性の問題が、生まれてくる。そういう意味で
は、人間は人間として、存在は変わらないと言え
るだろう。しかし、物理的要素が拡大する事に
よって、戦争とか暴力とか依存性が高まるとすれ
ば、我々はそれをコントロールしなければならな
い。運悪く僕は、そういった暴力とか、時代の変
革の被害者になってしまったが、これからもそう
いう時代が続くだろう。

「今日は長く感じるな」

　ある意味、何度も絶望してきた僕に、思った通
りの未来が、やって来ている。

「これに耐えられるのは、強さじゃない、弱さの
様なものだ」

　人間の弱さ故の振る舞いだとすると、全ての行
いは納得出来る。

そして、夜が来た。

もう、宇宙航海時代がそこまで来ている。

今日は金曜日。コロナウイルスは相変わらず、猛威を振るって、何回も波がやって来ている。自然と人の距離感が、遠くなってくる。それに反して、市場は限りなく膨張し、個々の生活は明暗が分かれている。きっとコロナ禍が収束すれば、また世界や社会は平均化されて、新しい未来がやって来るのだろう。でも多くの人は、現在以上の事が考えられなくて、自然に任せるしかないと、感じているのだろう。

もし、我々が宇宙に、地球と同じ環境を作って、新たな開拓時代を作るとしたら、新たな統合組織を作らなければ、いけないだろうし、生態系を守っていかなければならない。未来とは、ある意味自分達が生きている、時代を背負っていく事。

我々はその開拓者精神で、お互いを補完する事が、求められる。ありとあらゆる人間性が、技術を補完しているのだ。

　ソーシャルワーカーのDucchiさんが来た。担当看護師のFucchiさんも、寄り添うように現れて、Ducchiさんが口を開いた。

「さあ、出ましょうか」

「僕も同行させて頂きます」

「お世話になります、家荒れてるんで、お見せするのは、恥ずかしいですが、お願いします」

「道案内お願いします」

　と言って、病院を出た。歩いた所に、軽自動車が駐車場にあって、三人で順に乗り込んだ。

「ロックお願いします」

「もう春ですね」

「あ、道は県道14号に一旦出て、北上して下さい」

「了解です」

　と、車はO駅前を通って、県道14号に出た。

「駅前でマスクしてない人がいないか見たら、二〜三人いましたね」

「集団免疫作らないと駄目だから、経済ストップしたら、大変ですね。いずれは、インフルエンザの一種類という事で、収まるんでしょうね」

「リモート社会が、どんどん進んでいくんでしょうね」

「ちょっとコンビニ寄って行きましょう」

　そして、コンビニエンスストアに寄って、コーヒーを買い、休憩しながらタバコを吸った。Fucchi さんはタバコを吸わない。

　街の殺風景な風景を眺めながら、車は北上して行く。昔も今も通り慣れた道を、通り過ぎていく間に、思い出や過去の入り混じった、複雑な気持ちに区切りを付けながら、現在の状況に依存している自分を、認識している。

「あ、そこ橋渡って左です」

「もうすぐ桜の季節ですね」

　やっと家の近所に辿り着いた。

「あ、あそこが家です、裏手に車止めるスペース

あるので、そこに止めて下さい」

「大きな家ですね」

「大きくても、親のものでいっぱいだから、住む
スペースがないです」

　と、Ducchiさんが足元の、タバコの吸い殻の
山を見て、

「これ、芸術ですね」

　と言ったので、苦笑いした。そして、裏手から
家に入ると、一番にマウンテンバイクが、目に
入ってきた。

「あ、これがマウンテンバイクですか〜？」

「年末、これで公園の階段を下りてたら、転んで
肋骨折っちゃいました」

「Gucchi さん、やめて下さいよ〜」

「結構やり出すと、色々楽しめるんで、ついつい」

　お互い、苦笑いしながら、顔を合わせる。

「持っていく荷物は、チェックしているんで、大丈夫です」

「さすがGucchi さん、仕事が早い」

　Ducchi さんが、部屋の写真を撮る。その後、チェックしている荷物を、再び確認していると、

「あ、このベッドマットは無理ですね、一応ワゴン車2台用意してるんですが、荷物入らないですね」

　Fucchiさんは、天狗の面とか焼き物があるの
を見て、珍しそうに家を回っている。

「大体見て大丈夫そうですね、じゃ、戻ります
か？」

　と言って、3人車に乗り込んで、病院へと帰っ
た。

　Ducchiさんが言葉を加えた。

「じゃ、来週月曜日、引っ越ししましょう。僕は
行けないですけど、それが済んだら外泊して、そ
れから退院っていう事で」

「よろしくお願いします」

「もう引っ越しで、生活出来る環境を作っておい
て下さい」

　人と会う事は、ざわざわした絶望感みたいなものだ。自分の中では、もう一旦終わった人の営みも、現在進行形でまた復活してくる。主体としての自分ではなく、客体としての自分だ。もう自分としての自分ではなく、何かの一部分としての、自分を感じる。もはや社会の一部分となっているのだろう。孤立無援の自分でなく、ありふれた人間の姿になりつつある。

「今までが自由過ぎた」

　そう感じるほど、秩序だった自分に変わる。今まさに、マズローの心理的欲求の中に、いるのを実感して、遅過ぎた承認欲求が満たされたのを感じた。

「でも意思決定がまだだ、全然他人とズレてる」

　誰にでも言える事だが、一人で居ても、多数の中に居ても、意思決定がズレるのは、当たり前だ。

それが未来性だったりする。今安全な状況で、安
心な人達に囲まれているから、自分の意思決定に、
依存しなくて済むのだ。世の中が膨張したり、平
均化されたりする、経済の原理の中では、他人に
依存せざるを得ない。

「意思決定を多様化する事によって、自分を確立
しよう」

　僅かな希望が心の動揺の中で渦まく、この異様
な世界に広がるコロナウイルスも、何かを持って
動いているように思うのである。まだ、アナログ
で可視化されていない自分と、デジタルで可視化
された未来を見るような気分だ。

「僕も僕を承認しなければいけない、でもアナロ
グな自分が邪魔をする」

　現実を解析するのは感情ではない。理性とか数
学とか全身の感覚質だったりする。でも釈迦は諦

めを説いた。

「多分、現実でない、現在を認識しようとしてるだけだ。だから、喜怒哀楽がある」

「夢もあるじゃないか？」

「そう、夢も、今以上を求めている」

「物語も、昔見えなかった物語も」

「だから、僕に残された時間が後僅かでも、精一杯生きる」

「それでいいじゃないか？」

「現実を承認した訳ではない、でも現在を承認していく」

「いい答えが出たじゃないか？　期待してるよ」

　と、長い1日を終える。

　夢を承認するには、現在を承認していくしかない。それは、僕が厳しい現実と向き合っていたからだ。現実という甘え以外、何物でもなかった。これからも、幾つもの厳しい現実と、向き合うことだろう。でも、それに負けてしまえば、僕の何かを失うことだろう。

　今をうごめく経済、そして人間性、街を行き交う車と人、そして人間社会にも適応しつつある生き物。それはそれで必要なのだろう。目に見えない秩序と、古から続く人の営み、我々生命が誕生した理由、それらが対比して、ある種の対称性を生み出す世界。そんなものを見ているような気がする。

　心の底で共存したいと訴える何かが、胸を締め付ける。心に凝縮された感覚質が、僕の夢の中で、

目覚めたような気がした。

　休日を過ごすには、ここでは充分すぎる程ある。互いに談笑したりしても、すぐに飽きてしまって、僅かな人の営みに縋って生きる人々。僕なんかは、慣れてるもので、淡々と日常をこなし、携帯電話などをこなし、オンラインゲームや音楽などにいそしむ。と言っても、病院内では、そんなにメンタルを保つのは至難の業で、好きな音楽を聴きたいだけ聴いたり、オークションアプリで中古ギターを探してたりする。これからの生活の準備をする。それから必要なもので、持ってこれそうなものを、もう一度チェックする。今まで一人暮らしだったから、そんなに苦労はないが、それでも生活を変えるというのは、しんどかった。しかし、音楽というのは、自分を浄化させる。

「このメロディーは、どこから来たのだろう？
自分自身を支えるメロディーは？」

　存在を見る限り、宇宙を見る限り、我々は意識として、元から存在していたとしか、考えられない。宇宙を知覚し、宇宙も知覚している、その様に思うのである。存在そのものは、元から知覚するものと、定義出来る。

「君はどこから来て、どこへ行くのだろう？」

「僕達はどこから来て、どこへ行くのだろう？」

　同じ問いになる。同じ所に戻っていく。そうすれば、神なるものもあるかもしれない。でもそれを解釈するのは我々だから、もっと非言語的な世界でもいいと思う。話さなくていい事は、どうでもいい事だから、伝えなくてもいいと思う。そう思える事が自然なのである。心は動的である。だから、現在進行形でいいと思う。ちょっとでも立ち止まったら、過去に逆戻り。しかし、過去は変わらない。その普遍性は過去である。現在として認められる事こそが、承認欲求である。では、未

来は予測出来ないのか？と言うと、そうでもない。我々の現在を、構築している構造そのものがわかれば、予測出来ると思う。

　また自動販売機で、缶コーヒーと野菜ジュースを買うと、自分自身の不思議さに、まどろんだ。

「絶望とは承認欲求なんだ」

　今の生活を維持し満たすには、現実でない現在を承認していくしかない。確かに僕の意志があり、それを承認していく対称性が、現在なのだと。これが今の経済とどう繋がっていくか、はまだわからない。しかし未来を目指すには、僕の意志が承認されなければならない事は、理解出来た。

「あ、外出届お願いします」

　と言って、外出届を記入する。明日は朝から夕方までだ。昼食は外食だ。もう多分僕は何かに、

決断しているのだろう。

　そして夜が来た、平等に。

　さあ、朝が来た。

　朝の支度を済ませて、次にやって来るものを待っていると、作業療法士のOucchiさんがやって来て、遅れてFucchiさんがやって来た。

「さあ、行きましょう」

「はい」

「もう、今日1日で済ませてしまいましょう、準備はいいですね？」

「はい」

　と言って、出かける。

　ワゴン車2台に三人乗り込み、車を発車させる。
僕の道案内で、道路を進んで行く。

「マウンテンバイク載りますかね？」

「載るよ、大丈夫だよ、僕もマウンテンバイク
乗ってるから、型は古いけど」

「え、本当ですか？　フルサスですか？」

「うん」

「いいですね、僕もフルサス買いたかったんです
けど、高くて買えなかったです、だからオフロー
ドとオンロードの中間のを買いました」

「僕のは全部鉄製だから、古いよ、今クロームで
しょ？」

「ああそうですね、だから軽いです。担げますし、でも最近見に行ったら、もっと新しくなってますよ。ペダル側のギアが一枚になって、その分後ろのギア枚数増えてます。でギア側のチェンジするところが、シートの高さ調節するチェンジに変わってます」

「え〜、シートの高さ、チェンジで変えるの？」

「はい」

　などと話しながら、現地へと向かう。後ろをFucchiさんのワゴンが付いてくる。

「あ、そこの銀行の所を、左に行って下さい、あと1km行けば僕の家です」

「後もうちょっと？」

「はい」

　家に着き、裏手に車を止める。

「大きな家ですね」

「そうでしょう？」

「大き過ぎて、一人で住むには、広過ぎます」

「さて、荷物どうやって積むかな？」

「荷物入りますかね？」

「Gucchiさん、荷物出して、Fucchiさん、荷物
運んで、僕が車積みます」

「わかりました」

「Gucchiさん、行きましょう」

　と、1時間ぐらいで荷物を積む。

「もう、荷物ないかな？　これで荷物積んでおかないと、もう来れないよ」

「大丈夫だと思います」

「細かい生活用品は、買えばいいけど」

「大丈夫です」

「じゃ、昼ご飯にしようか？　この辺スーパーある？」

「あります」

「じゃ、そこ行こうか？」

　そして、車を出して、スーパーに行く。スーパーに着くと、それぞれ好みの昼ご飯を物色する。

ベジタリアンの僕は、真っ先に野菜料理を探した。OucchiさんとFucchiさんは弁当を手に取る。後飲み物を買って清算した。

「食べ物は人それぞれだな」

　と思っていると、

「近くの公園行って食べようか？」

　と、Oucchiさんが声をかけて、三人車で移動した。近くの公園は、自分の行動範囲だった所だ。僕は前ここで、マウンテンバイクを乗り回していた。適当に起伏と段差があり、乗り回すには絶好の所だったが、ここで転んで肋骨を折った事実を話すと、余計な心配を掛けると思いやめた。

「ここの公園、子供連れて来るには、いい場所だろう、前連れて来た」

「そうですね、僕も連れて来ようかな？」

　と、OucchiさんとFucchiさんが話しているのを聞いて、

「あ、この人達は家族持っているんだ」

　と認識して言葉に距離を置いた。

「果たして僕が家族を持っていたら、どうだったんだろうな？」

　といつもの様に思った。普通に自然に生きていたら、今の自分になっていた。自分の周りで起きる事を考えたら、僕は家族を持つ事は考えられない。皮肉なものだと僕を承認しつつ、また新たな自分を想像していた。

「僕は何も変わらないだろうし、何も変える必要はない、ただ不運なだけだった」

　と思った。

「さあ、行こうか？　アパートわかるんでしょう？」

「はい、わかります」

「荷物下ろしたら、生活用品で足りないもの、買いに行こうか？」

「はい」

「行きますか？」

　と、また車に乗り込み、病院の近くのアパートへと、来た道を帰る。

「今日、晴れてて良かったですね」

「本当にそうですね」

「アパート、病院の近くですから、また病院の近くまで行ったら、ナビします」

　全く欲求は、現在認識と承認する事で出来ている。この不思議な世界とは、「現在」「過去」「未来」で出来ている。世界を知る事ですら、それで出来ている。自分とは、ありのままの姿で、生きている事ですら不確実であり、存在が揺らぎながら、計算高く現在を作って行くのを、実感するのである。

「あ、病院の近くですね、あそこの交差点を左で、曲がって直ぐの所にあります」

「え〜っと」

「あれです」

　アパートが見えてきた。そして入口に車を付ける。

「車大丈夫ですかね？」

「だから早く下ろそう、Gucchiさん、家の前で受け取って、Fucchiさん、部屋まで運んで」

「部屋どこです？」

「106です」

　僕は持てる荷物を持って、部屋の鍵を開けて待つ。そしてFucchiさんが運んできた荷物を、適当に配置していく。

「これで全部です」

「じゃ、車に戻った方がいいですかね？」

「そうですね」

「本当助かります」

　と言って、車に戻った。

「今度はリサイクルショップへ行って、必要なも
の買っておこう」

「はい」

　そして、小型の冷蔵庫とIHコンロを買った。
そして、100円ショップへ行って、日用品で足り
ないものを買っておいた。

「後、戻ってガスと電気と開いておいた方がいい
よ、これからいつここに住むか、わからないか
ら」

　と、アパートに戻って、荷物を下ろして、ガス

会社と電気会社に連絡して、住める環境をとりあえず作った。

「これから外泊してから、環境を慣らして退院という事になると思うけど、入院で多分体力落ちてると思うから、しばらくマウンテンバイクとか乗らないで、大人しくしてた方がいいと思うよ」

「わかりました」

　三人で部屋を見回して、それぞれ納得して、病院へと戻った。そして病棟へと上がり解散した。

　すると、ナースステーションにワーカーのDucchiさんが居た。目線が合ってこちらにやって来た。

「どうですか？　引っ越し上手くいきました？」

「はい、お陰様でありがとうございます」

「もう、生活出来そうですか？」

「まだわかりません。とりあえず慌ただしく移動したもので、足りないものとか、まだあると思いますけど、それはこれから徐々に見つけていきます」

「今週まず1泊してみません？」

「はい、大丈夫です」

「じゃ、今週の水、木と1泊2日で外泊しましょう、これから生活の窓口は私になるので、よろしくお願いします」

「わかりました」

「じゃ、外泊届出しといて下さい」

「了解しました」

　と言って別れた。次いでに外泊届を出しておいた。

「人間ってつくづく一人では、生きていけない動物なんだよな〜」

「本当そう思うよ」

「何で秩序が必要か、わかるよ」

「我々もわかるよ」

「心って秩序そのものだよね」

「そうか？」

「そう思うよ」

「詐欺グループも全く同じ事やってたよ」

「人間の浅はかさを目の当たりにしちゃったら、本気でそう思うよな」

「僕も人間だから、仕方がない」

　などと思いながら、今日1日を終える。またいつものように、暗闇がやって来る。

　春がやって来る。季節も流転して、祖父や父など、こういう季節の秩序に、辿り着けなかった人々を思い出す。もう既に、過去という秩序の中に、葬り去られた人々も、僕達を見てる気がした。何故か、そういう現在を見てると、永遠に生きられるような気がした。そうやって過去が降り積もって、未来という秩序を作っている僕達から、過去を消し去ったら、どうなるのだろう？

　暗闇という過去、そこに小さな光を射すような

未来、そこに至るまでの道を現在と呼ぶのだろう。
その為には、未来を予測しなければならない。そ
こには生きるという秩序が、なければならない。
この過去性の強い世界は、物理的に膨張していく。
自分が未来を、作っていかなければならないのだ。

　春にしても、過去にしても、未来にしても、暗
闇の様に、平等に訪れるものだとしたら、僕達は
暗闇を通して、現在を見ているのかもしれない。
ふと立ち止まって過去を見たら、その殆どが暗闇
で、迷い道に辿り着いているような、気がするの
である。だから自分の居場所を明確にして、声を
あげなければ、誰も現在の僕に気づかないのだ。
現在進行形ながら、いつの間にか現在の自分を、
皆忘れてしまったのだ。だからこそ人は皆、真剣
に向き合う。真剣に向き合って、現在の自分を確
認しているのだ。

「今の自分がどこにいるなんて、甘え以外の何者
でもないな、現在なんだから」

「病院だよ」

「そうだけど、宇宙から見れば、ちっぽけなものだろう?」

「そうだな」

「30年後の自分なんて、見たくない」

「でも、未来は見つめなきゃ、いけないだろう?」

「そういう事か?　他人本位って事か」

　看護師さんが声をかけてきた。

「おはようございます、Gucchiさん、今日から外泊でしょう?　早く起きて下さい」

「あ〜、朝か、おはようございます」

　夢から覚めて、起き上がった。顔を洗って、朝食を済ませ、歯を磨いた。外泊の用意だけ済ませ、時間を待った。外泊時間は今日の朝9時から明日の16時までだ。夢の余韻か、時間だけが他人本位に過ぎていく。

「さあ、時間だ」

　と、時計を見て、荷物を持って、部屋からフロアを抜けて、ナースステーションへと行った。窓口のガラス窓を、コツコツと叩いて、看護師を呼ぶ。

「外泊の時間なんですが」

「あ、もう出ます？」

「はい」

「じゃ、預かってる荷物を渡しますね、えーっと、鍵とタバコと髭剃りと…、他に必要なものありますか？」

「いえ、ないです」

「じゃ、アンケート用紙と薬を渡します、気をつけて、行ってらっしゃい」

　と言って、ナースステーションから出てきて、ドアのセキュリティロックを外した。そして、僕はエレベーターに乗り、1階へと下りた。そのまま、事務所へ行き、必要なお金を引き出して、病院の外へ出た。

「あ〜、久しぶりの一人だ」

　と、息を吸い込んだ。

「タバコでも吸うか？」

　と、近所のコンビニエンスストアに行き、タバコを1本吸った。タバコは止めるつもりだったが、病院から出た解放感から、自然と口にタバコを運ぶ。タバコの煙で目の前を曇らせるが、

「こういう感傷のとり方って、今の時代通用しないんだよな」

　と思う。そして今日何をすべきか考え、一旦アパートへと向かう。

　アパートの鍵を開けて中に入ると、雑然と荷物が並んでいるのが見えた。それと電気、水道、ガスが使えるのを確認し、荷物を整理していった。一通り目に見える位置に日用品を置くと、

「何だか生活感見えてきたな、こういうの営みって言うんだろうな」

　と思いつつ、シャワーを浴びて、スーパーに行くことにした。

「必要なものは、えっと、1泊だから、お米はいいや、パンと、塩と、スパイスと…」

　必要なものを、メモに書き上げて、一番近いと思われるスーパーへと、リュックを背負って歩いて行った。病院に長く居たせいで、体力が落ちているのを感じた。

「帰ったら、ちょっと体操でもするかな？」

　ほんの500mぐらいの距離だが、コロナウイルスのせいで、マスクをしている事もあって、息が切れる。

「これは、タバコのせいではない。物理的仕事のせいだ。病院に3ヶ月いて、今500mも歩いた、

その間に世の中が、どれだけ動いて変わったか、
という事だ」

　と自分を言い聞かせながら歩く。目的地に着く
と、入口で買い物カゴを取って、店内を回る。
　まず、ペットボトルのお茶と豆乳を手に取る。
あと、食パンとマーマレードとトマトを拾ってい
く。後スパイスとサラダ油を少々。ついでにイン
スタントコーヒーと砂糖を買っていく。

「大体こんなものだろう、引っ越ししたばかりだ
し、今日1泊だから」

　と、レジに行って会計を済ませる。約1000円
少々。Ducchiさんは、僕の事を買い物上手と言っ
ていたが、満更でもない。でも品数は少ないから、
レパートリーは限られる。そして来た道を帰った。

　アパートへ着くとまず換気をして、

「掃除はおいおいゆっくりとやっていこう」

　と思いつつ、掃除機を充電しておいた。

　丁度昼時だったので、オーブントースターで、
食パンを焼いた。そして湯を電気ケトルで沸かす。
マグカップと皿を用意して、インスタントコー
ヒーの用意をする。

　その間に買ってきたものを、冷蔵庫に入れる。
そして、そろそろと出来上がったパンにマーマ
レードを塗り、インスタントコーヒーに湯を注ぐ。
ミルクは豆乳で代用する。

　そして昼食にありつく。

「ま、こんなものだろう」

　と、自分に納得する。次いでにTVをつけて見
た。自分に満足する時間がない分、今の自分に満

足するしかない。それは、決して悪い事ではない。
だが、スピリットを失ってしまった。コロナウイ
ルスもあるだろう。

「ギター買って、日常のルーティンを増やして、
自分を復活させるしかない」

　TVでニュースを見た後、飽きてまた携帯で音
楽を聴いた。何でもない日常だが、こういうルー
ティンが、日常のモチベーションを保ってくれる。
ギターに関する情報とか、オークションの様子を
見て、検索したり入札してみたり、たった1泊の
中で出来る事を探した。そうしているうちに夕方
になって、外が暗くなってきた。

　電気をつけてカーテンを閉めた。

「そろそろ夕飯かい？」

「作ろうと思えば、直ぐ出来るから、まだいいや、

コーヒー作って、外でタバコ吸ってこよう、それよりコロナウイルスとか、君達何とか出来ないの？」

「我々は、単なる法則だ」

　僕はもっと多くの事を、知らなければならない。マーケットにしても物理学にしても。そもそも、市場という構造が物理的である事も。地球という惑星が、市場と同じ構造をしているし、それと宇宙が何ら因果関係を持っている事も、明らかだ。生きている事が、需要と消費という関係を持ち、交錯している事は、我々にとっても、宇宙にとっても、意味のある事だ。僕はその中で、より自然に生きたいだけだ。その中で愛を感じるし、一人では生きていけない事も知っているし、そのために秩序が必要な事も知っている。これは自己認識ではないし、実存性に反するものかもしれない。しかし、現在認識として、守るべきものがあるという事だ。この多様な社会の中で、これからどう

194

未来を作っていくかという事は、法則性そのものかもしれない。

「やっとわかり合えたな」

「そうだといいな」

　と、夕飯の支度にかかる。サラダ油でトマトを炒めて塩とスパイスをかけて、焼いた食パンにかけて食べる。飲み物は豆乳で。凄くフレッシュな気分になる。後は薬を飲んで眠るだけ。

　今日1日に感謝する。

　朝起きて、まだ環境に慣れていないのか、心がザワザワする。まだ朝早いのか、カーテンの隙間から、弱い光が射す。でも時間は気にしない。外へ出て、タバコを吸って、お茶を飲む。江戸時代の人は、「朝飯抜いても、お茶は飲め」と言ったらしいが、これが僕の生活の中での、ルーティン

の一つである。水分補給は大事である。お茶はビタミンも豊富だし、カテキンという、殺菌効果のある成分も、含まれているから、健康にいいという意味だろう。しかし、ベジタリアンの僕には、あまり関係のない部分でもあるかもしれない。

　身体が1日のリズムに慣れた頃、朝食を済ませ、コーヒーを飲む。TVでは朝のニュースをやっているが、あまり気にせず、ネットオークションを見ていて、一つのギターが目に入った。パッと見に、中古ギターにしては、状態のいい安いギターを見つけた。入札最終日は4日後だ。とりあえずチェックする。

「何だか、一人の1日は長くて、短いな」

　と感じる。昼時までは、時間が短いだけあって、あっという間に、やって来る。

「もう、こんな時間か？」

　昼食を摂る。そして音楽を聴き漁る。クラシック、クラシックギターのソロ、昔好きだった流行りの曲から、最近の流行りの曲まで、何曲も何回も聴き漁る。自分の中で失った何かを、取り戻そうとする為に。

「そして、何も変わらないんだ」

　と納得する。どこか心の奥底に、隠れていた感情が溢れてくる、余韻を残して瞬間に湧いてくる音楽の様なものを、超高速で受け止めていく。何か、言葉の様な、場面の様な、音楽の様な、普遍性とは違う、移ろいゆくものを。

「なるほど、こうして生まれてきたんだ」

　と思う。と、時間が来た。病院に帰らなければならない。

　洗い物をして、持ち物をチェックして、アンケートを記入して、病院へと帰った。

　いつものエレベーターで上がって、病棟へと戻った。看護師が出て来て、

「お帰りなさい」

　と言う。そして、アンケートを渡して、持ち物チェックを受ける。

「はい、いいです」

　と言われ、自分の部屋へと戻る。いつもと違う空気の自分のベッドへと帰ってきた。

「どうせ、後2時間で夕食だ」

　そして、担当看護師のFucchiさんが、やって来た。

「外泊はどうでしたか？」

「無事帰ってきました、でも環境にまだ慣れてないですね」

「大変だと思いますが、一緒に頑張っていきましょう」

「はい」

　Fucchi さんの真剣な眼差しを見て、この人の仕事に賭ける気持ちというものを見た。しかし、僕の仕事に賭ける眼差しが違うのは、伝わらない。今出来る事は、病院に通いながら、最善の選択をする事。その眼差しは、共有出来るものだ。

　Fucchi さんが去った後、Ducchi さんがやって来た。

「明日Ｎ社の人が挨拶に来ます。それで、来週もう一度、今度は2泊3日で外泊しましょう。それが上手くいったら、金曜日退院という事で、調整してみます」

「わかりました」

「じゃ、よろしくお願いします」

　と告げて、去っていった。

「全ては他人本位、僕らの把握出来ない、現実で動いている」

　僕は、決まったルーティンをこなす事で、現実に向き合い、この奇妙な社会や、人間関係に染まっていく。

　不思議な夜だ。翌日はもう週末だ。ネットオークションのギターをチェックしながら、不思議な

音色の生活へと、マインドコントロールしていく。

　次の日、面会室でDucchiさんと、N社のBucchi
さんと、所長と、訪問看護ステーションのリー
ダーと、顔合わせした。一人一人自己紹介して
行った。問題となるのは、週何回の訪問で、いつ
訪問看護を開始するか、そして僕の自己管理能力、
いわゆる自立度に関してだった。

「薬は自己管理が希望で、まずは週3回の訪問に
してもらえますか？」

　とDucchiさんが、僕と打ち合わせた通り、話
を進めていく。

「それで問題なければ、そういう対応にしていき
ます」

「サービス開始は、来週の金曜日退院なので、再
来週からお願いします」

「前は介護福祉士として、働かれていたので、自
立度は高いと思います」

「希望の曜日とかはありますか？」

「月、水、金、でお願いします」

「午前、午後、どちらがいいですか？」

「朝一番がいいですね」

「朝がいいですか？　調整してみますが、駄目な
時もあります、とりあえず、再来週の月曜日は、
9時30分に私が伺います」

「よろしくお願いします」

　と言って、解散した。

　もう、こういう手続きは、事前に情報収集されていて、段取りを決めるだけである。僕の興味はもう、ギターに移っていた。

　そう言えば、僕は昔合唱団に入っていて、その頃は、楽譜も読めたし、音感も抜群だった。しかし、楽器はトランペット、ドラム、ギターと触れる機会があったが、すぐ挫けてしまった。その頃には、まだ自分のスピリットがなかったし、自分の中で音楽性を失っていた。でも、今はスピリットがマインドを刺激して、精霊が側にいるような気分だ。それで生活したいとは思わないが、表現力を求めている。心の奥底にある魂を奏でると、物事が好転するような気がした。

　ギターにも「スケール」があるように、経済にも「スケール」がある。それが知りたいのだ。

　昔は、ものを運ぶにしても、人に伝える事にしても、何日も掛かっていたものが、短期間で済む

ようになって、情報というものも、スピード、量共に膨大になっている。それを個人で把握するのは、至難の業となっている。どこまでが、自分達の領域なのか、わからなくなっているのが、実情だろう。今、自分自身が、立っている事自体、自分で把握出来ないくらいの情報量だ。「スケール」は大きくなっている。宇宙としての意識も。自分が揺らぐくらいの振動を、常に感じているのだ。

　僕としては、昔見えてこなかった、現在を見て、覚醒しているのだ。

　今日は寝付きが悪い。きっと僕を眠らせない現在があるのだ。

「今はいい、未来だ、未来を何とかしなきゃ」

　と言って、深い眠りと暗闇に落ちていった。

「また会えるんだろう？」

「会えるさ、君の中で生き続ける」

　夢の中でまた自分に出会った。夢の中の自分は女の子だった。奇妙な怪物に追われて、逃げ惑う群衆の一人だった。何故か空を飛んでいた。そして、怪物に食べられそうになって、崖から落ちている群衆の一人を、助けようとして、逆に怪物に追いかけられる羽目に。必死に逃げるが、あまり前に進まない。焦る。

　ここで夢から目が覚めた。夢を見ている自分は、これは夢だと自覚している。いつもの事だが、変わった夢だ。

　そして、ネットオークションをチェックした。今日は入札最終日。ギターの価格はそれほど上がっていない。チャンスだ。入札してみた。

　朝食を済ませて、ずっとネットオークションに

かじりついていた。オークションに入札して、商品を落とした事がないから、もの凄くハラハラする。現在最高値を維持出来ている。こういう競争入札は苦手だ。しかし、このギターは欲しいと思ったから、何とか落としてやろうと、覚悟を決めた。

昼食後見て、値は変わらない。

夕食後見ると、最高値は更新されていた。覚悟を決めて値を吊り上げて入札する。終了は20時だ。最高値は僕だ。

20時、無事落札出来た。

至急出品者にメールを送った。もう1日も早くギターを手にしたい気分だ。多分、これからの生活の支えとなるであろう、ギターは僕の世界の一つになっていた。自分を浄化してくれるものは、何が何でも手に入れたい。それが僕の生き甲斐だ

からだ。ギターと言う僕の「スケール」を手に入れたいのだ。心は今以上に、バネの様に跳ね上がった。こうして今を動く事に、どんどんズレていく自分によって、目の前に自分の仕事が増えていく事に、充実を感じる。

「足りてないのは、当たり前なんだ」

　今の自分に必要なのは、癒しと共鳴、共感である。当たり前の日常を過ごす事が営みなのである。その「スケール」によって、生活習慣が変わるのだ。

　対比する日常が僕を動かす。朝が来て僕は、今日の仕事に向かう。今日から2泊3日の外泊だ。外泊という表現は、可笑しいかもしれないが、対照的な病院を出て、僕のアパートへと戻る。そして買い物をして、食材を持って帰る。今はっきりと、詐欺被害に遭って、日常を失ってたんだなと振り返る。日常にも善悪の境目があって、日々絶

望しているのを、生理的に感じてしまう。改めて
業の深さと営みの大切さを実感した。絶望したか
らと言って、何の痛みもない。
　ただ、痛みを感じないから異常なのだ。

　今、悲しい出来事が世界で起きていて、僕とし
ては、理解する事とギターを弾く事ぐらいしか出
来ない。絶望とはただそれだけだ。

「あ、メールが届いてる」

　現在認識だけが動き、また、詐欺被害に遭った
時と同じ様に入金しておいた。

「外泊中に届けばいいが」

　1時間後、発送の通知が来た。

「来た、来た」

　と、ウキウキした気分になる。しかし反面、客観的に見ると、こうした簡単な手続きで、欲しいものを手に入れる事の恐ろしさを、感じざるを得ない。

「現実と現在の違いって何だ？」

「物事が結実するか、どうか？　だろう」

「花が咲くのは現実なのか？　現在なのか？」

「根本から違う、その場合、人間が現実で、花が咲くが現在だ」

「と、すれば現在の中に、現実があるって事かな？」

「そうだな」

「人間って色々錯誤してるんだね」

「そうだな」

「明日はいい日になるかな？」

　目に見えない現実もあるかもしれない。しかし、現在の中にいれば安心だ。僕自身、現実と現在を錯誤していた。これまでの不運が、解けた気がした。

　ギターが次の日の夕方届いた。荷物の梱包を解いて、念願のギターを手にした。僕は全く楽器の知識はないが楽譜は読める。ネットでギターに関する知識を検索する。チューニングに関する事、弦の張り替え方、日常のルーティン、コードに関する事、全て携帯電話一つあれば、検索出来る。

「明日、弦を買いに行こう」

　と、錆びた古い弦を外していると、ナットの部

分が外れて落ちた。

「あ〜っ、壊れた〜」

　やっぱり中古ギターだから、壊れたんだと思った。仕方なく近くの楽器店を、検索して電話してみると、

「持ってきて下さい」

　と言われた。明日弦を買いに行く時に持って行こうと考え、続けて弦を外していった。

「不燃ゴミが増えちゃった」

　割り切れない問題も、いつかは割り切れる問題となる。それを信じれば、現在認識も見えてくる。ダメージは受けるが、リハビリを繰り返して、自分を確立する事こそ、マズローの心理的欲求だ。そう言えば、動植物はお互い寄生し合って生きる

もの。人間もそうあるべきだと思う。

　そして寝た。1泊目の1日は終わり。

　次の日朝食を済ませた後、ギターを持って楽器店に向かった。平日ながら人出は多い。コロナウイルス禍でも、人の欲求は抑えられない。O駅近くの商業施設に入った、楽器店を訪ねた。

「中古でギターを買ったんですが、ナットが落ちたんです」

　と言うと、何も言わずナットを接着してくれた。

「料金は？」

　と尋ねると、料金設定にないからいいとの事。次いでに、ブロンズ弦の普通の太さのものと、カポタストと、ピックと、消音器を買っていった。後で知ったが、ナットは簡単に落ちるものだと

知った。胡麻粒くらいの大きさの、瞬間接着剤で
つけるという、テクニックが必要なものだった。
そしてアパートに帰って、弦を張り替えた。見違
えるような、ギターの姿に目を細めた。

　昼食を摂り、ギターを奏でてみる。コードを奏
でてみる。すると自分の中で、熱いものが溢れて
きて、弾くのをやめた。

「近所迷惑になったら、悪いもんな」

　と、弦を緩めてハードケースへと仕舞った。

「悪くない」

　そして荷物の整理をし、水回りから掃除をした。
掃除機をかけた。

「さあ、夕食の準備だ」

　フライパンにサラダ油を引き、もやしとキャベツとニラの野菜ミックスに、豆腐とトマトのスライスとうどんを加え、炒めてから焼き肉のタレとケチャップを加え、スパイスで風味をつけて、麻婆風うどんを作った。それと食パンを焼いて一緒に食べる。それに豆乳を一緒に飲み、食後にコーヒーを飲んだ。これで今日の夕食は終わり。

　TVを見て和み、薬を飲んで眠りについた。

　次の日の朝は、9時に目が覚めた。朝食と昼食は焼いた食パンに、マーマレードをつけて、コーヒーと一緒に食べる。食後にバナナを一本ずつ食べて終える。今日は病院に戻るから、保存の利かない食事は、溜めることが出来ない。

　そしてO駅前の交番前の広場でギターを弾いていると、一人のお婆さんが声をかけてきた。

「あ、そこ、座らせて」

「いいですよ、そこギターありますから、ここ座って下さい」

「私はキリスト教徒だ」

「カトリックですか？」

「いや、プロテスタント、昔、神父さんがアコーディオンを弾いてたから、あんたに声をかけた」

　と、家庭の話から、世間話、昔のこの辺の様子、聖書の話など、延々と2時間ほど、話した。

「神様はいる」

「人間は必ず真実に行き着きますから」

「さて、帰るかな、あんたが受け入れてくれる人で良かった」

「いえ、どういたしまして」

「膝が痛いんだ、サプリ飲んでるから大丈夫だけど」

　と言って去っていった。

　ここは、広い広場になっていて、ベンチもあるから、気晴らしにやって来るのはいい場所だ。他にも、犬を散歩させている人、子連れで日光浴をしている人など、近所の憩いの場となっている。

「また来よう」

　と思いつつ、そろそろこの場所を離れる時間がやって来た。

「病院に戻る時間がやって来た」

　とギターの弦を緩めて、ハードケースにしまい、アパートへと徒歩で歩いて帰った。

　そして、病院へ帰る為に、荷物チェックをして、部屋を整頓して、鍵を閉めて帰った。

　今週の金曜日には退院だ。ここ数ヶ月に起きた出来事は、偶然性ではない、必然性として、心に留めておく。何か理由があるから、必然的に人が集まり、営みを形成する。僕も一経済人として自覚を持ち、パレート効率を実行していく。

「それが楽しいか？　楽しくないか？　って問題はあるな」

「それが、現在認識そのものだ」

「パレート効率で見れば、世界が見える」

「個人の効用を満たすか？　それとも多数の効用

を満たすか？　その二つに一つだ」

「もっと多様な選択肢はないのか？」

「ある、あるがお互いの理解が必要だ」

「宇宙や僕達の生きている世界も」

「スケールメリット」ってあるが、日本語で言え
ば、「規模の論理」。ギターにはギターの効用があ
り、家には家の効用があり、病院には病院の効用
がある。日本みたいな多職種で、多様な生産性を
持つ国は、パレート効率は高い。文化とか生活様
式も関わってくる。

「そういう事だ、費用対効率で、何に支払われる
かによって、効用も変わってくる、限られた資源
の中で、費用効率は、何かを犠牲にしなければ、
成り立たないのは自明の事だ」

218

　今の僕にとって、中古ギターを買う事によって、派生する商品にも及ぶという事は、パレート最適であると言える。

　そうしている内に、金曜日がやって来た。荷物は全部昨日の内に、まとめておいた。忘れものがないか確認した後、時間が来るまで待った。経済とは、日常に転がっている問題を、どう捉えるかという、スタンスの問題だ。それによって、過去は変わらないが、未来は変わる。そうして、過去に納得したのだ。

　退院の時間だ。看護師の声かけに反応して、荷物を持って、病棟の出口へと向かう。そして看護師が、

「お大事に」

　と言葉を口にして、何事もなかったように、セキュリティロックを、解除して外に出た。

外界は清々しい。

「刑務所のようだったな」

　病院から、500mぐらいの所にアパートがある。先に見える交差点を、右に行けばO駅、左に行けばアパート。

「しばらく、こういう日常が続きそうだな」

　と頷きながら、アパートへと向かい、未来という日常を開いた。

著者プロフィール

川淵 嘉人（かわぶち よしと）

1967年生まれ。
法政大学出身。
時代と共に数奇な体験をする。
大学でフランスの民主主義思想と経済を学んだ。
現在、岡山県在住。

サナトリウム

2023年4月15日　初版第1刷発行

著　者　川淵　嘉人
発行者　瓜谷　綱延
発行所　株式会社文芸社
　　　　〒160-0022　東京都新宿区新宿1−10−1
　　　　　　　　　　電話　03-5369-3060（代表）
　　　　　　　　　　　　　03-5369-2299（販売）

印　刷　株式会社文芸社
製本所　株式会社MOTOMURA

ISBN978-4-286-25065-6